KB062409

로크미디어가
유혹하는
재미있는 세상

ROK
MEDIA
로크미디어

운현궁의 주인

운현궁의 주인 2

2015년 11월 3일 초판 1쇄 인쇄
2015년 11월 6일 초판 1쇄 발행

지은이 화명
발행인 이종주

기획 팀 이주현 이기헌
책임 편집 이정규

발행처 (주)로크미디어
출판등록 2003년 3월 24일
주소 서울시 용산구 원효로97길 46 5층
Tel (02)3273-5135 Fax (02)3273-5134
홈페이지 rokmedia.com E-mail rokmedia@empas.com

ⓒ 화명, 2015

값 8,000원

ISBN 979-11-255-9832-9 (2권)
ISBN 979-11-255-9830-5 04810 (세트)

| 화명 장편소설 |

운현궁의 주인

2

로크미디어

차 례

1장

저녁 해가 떨어지고 나자 배 안에 안내 방송이 흘러나왔다.

"야스히토 전하가 5분 뒤 승선하실 예정입니다. 모든 승조원乘組員과 승선을 하신 내빈께서는 D 갑판으로 나오셔서 승선하시는 야스히토 전하를 환영하여 주시기 바랍니다."

지치부노미야 야스히토秩父宮雍仁는 현 쇼와 천황의 동생으로, 일본 나이 서른여덟 살에 육군 대좌다. 화통한 성격에 운동을 좋아하고 밝은 사람이었다.

아무래도 이번 황실의 대표로 야스히토가 가는 듯했다. 천황의 동생이 직접 가는 것으로, 일본이 이번 윤덕영의 죽음을 어느 정도로 중요하게 생각하는지 피부로 느껴졌다.

D 갑판으로 내려가자 나를 향해서 인사해 오는 사람들이 많이 있었다. 조선 출신의 귀족과 일본의 화족이었다.

 화족 중에서 유력 가문의 사람들은 보이지 않았고, 식민지로 진출하여서 자신의 집안을 부흥시키려는 야망이 있는 듯한 사람들이 주를 이루었다.

 보통 계급이 높을수록 가장 앞줄에 서게 되는데, 나도 자연스레 가장 앞자리에 서게 되었다. 그리고 주변 얼굴을 둘러보는데, 그중에서 아는 얼굴을 발견하여 가서 인사를 건네었다.

 "형님, 오랜만에 뵈옵니다."

 "그래."

 그 사람은 이우의 이복형인 이건이었다.

 두 사람의 사이는 미묘했는데, 어릴 때부터 아버지인 의친왕 이강은 순종적인 성격의 큰아들 이건보다 강단 있는 성격의 둘째인 이우를 더 좋아했다.

 또 어린 시절 입양을 간 이우는 어릴 때부터 공이라는 작위를 가지게 되어서, 이건은 본인이 형이지만 동생에게 존대를 해야 하는 불편이 있어서 좋아하지 않았다. 물론 그렇다고 이우가 막대하거나 하지는 않았다.

 그러다 의친왕이 임시정부로 망명하려다 실패해 공 위를 강제로 이건에게 물려주게 되고 난 이후 같은 공의 작위를 갖게 되었으나 안 좋아하고 불편해하는 건 변함이 없었다.

"잘 지내셨사옵니까?"

"내가 그럴 것이 있더냐? 그러니 신경 쓰지 마라."

이건은 귀찮다는 듯 대답하고는 앞을 바라봤다.

나도 굳이 더는 이야기를 이어 나갈 필요성을 못 느껴서 앞줄에서 들어오는 입구를 보며 잠시 기다리자 160센티 키인 나보다 작은 키로 느껴지는 야스히토가 승선을 했다. 그의 뒤로 창덕궁 이왕 이은도 승선을 같이 하였다.

야스히토가 승선을 하자 선두에 있던 한 사람이 선창으로 외쳤다.

"てんのうへいか ばんざい(천황 폐하 만세)! やすひと でんか 殿下 せんざい千歳(야스히토 전하 천세)!"

"てんのうへいか ばんざい! やすひと でんか殿下 せんざい千歳!"

누가 선창을 하였는지는 모르겠으나, 그의 선창 이후로 야스히토가 손을 들어서 정지시킬 때까지 모든 사람이 만세를 외쳤다. 물론 나 역시도 그 사이에서 큰 소리로 하지는 않았지만, 손을 들었다 내렸다는 같이 하였다.

"이우 공은 오랜만인 거 같소."

나의 차례는 세 번째였는데, 내 앞에는 야스히토의 사촌쯤 되는 황실의 사람이 두 명 있었고 조선의 귀족으로는 내가 처음이었다. 가계상 의친왕 이강의 가계를 물려받은 이건보다는 운현궁을 물려받은 내가 더 높은 서열에 속했다.

"전하, 그간 격조하여서 송구스럽습니다."

"그러게 말이오. 너무 도쿄에만 있지 말고 교토에도 자주 오도록 하시오."

"황송하옵니다, 전하."

야스히토는 나와 인사를 한 후 내 옆에 있는 이건과도 인사를 하였다. 그 후에도 앞줄에 있는 사람들과 일일이 악수를 하면서 인사를 하였다.

이왕 이은은 그의 옆에 따라가면서 야스히토가 잘 모르는 조선의 귀족이 나오면 설명을 해 주었다.

야스히토가 승선을 하고 나자 배는 큰 경적 소리를 울리고 굴뚝에서 검은 연기를 뿜으며 출항했다.

이 배는 이곳으로 오고 나서 탄 배 중에 가장 컸는데, 부산과 시모노세키를 오가면서 탔던 연락선보다 두 배 정도 더 큰 배였다.

배가 항구에서 출항하고 나자 이왕 이은의 시비가 와서 그가 나를 찾음을 알려 왔다.

그의 방으로 찾아가자 이은은 내가 올 것에 대비해서 나의 차까지 준비를 해 놓은 상태였다.

"오랜만에 뵈옵니다, 숙부님."

"우야, 정말 오래간만이구나. 오사카를 지나갔다는 전갈은 몇 번 받았는데, 그때마다 사단의 일이 바빠 만나지를 못했구나."

이은은 현재 소장으로, 오사카의 4사단을 지휘하는 사단장이었다. 일선 전투부대는 아니었고 예비부대였다.

"괜찮습니다, 숙부님."

"그래, 요즘은 무엇을 하면서 지내는 것이냐? 그간 왕래가 없어서 너의 이야기를 모르는구나."

"최근에는 육군대학교 3학년을 마쳤고, 이제 4학년으로 올라가옵니다. 또 예전에 부탁하셨던 우리 문화재들을 구매하는 일을 여전히 진행하고 있사옵니다."

이은은 1937년에 이우를 불러 자신의 돈을 내어 주면서 일본이나 외국으로 반출되는 조선의 문화재들을 사 모으게 하였다.

그리하여 이우가 중심이 되어서 이곳저곳에서 구매를 했다. 개인에게 구매하기도 하고 백화점이나 경매장에 나오는 조선의 문화재들도 구매했다. 그 물건들은 조선의 운현궁으로 보내거나 도쿄 이은의 집으로 보냈다.

"그래, 혹여 돈이 더 필요하다면 사재를 사용하지 말고 나에게 말하도록 하여라."

"네, 전하, 알겠사옵니다."

그 뒤로 자신의 근황에 관해서도 말을 꺼내기는 하였다. 영친왕 이은은 상당히 부드러운 사람이었는데, 이야기하면서 느낀 그의 성품은 무관보다는 문관에 가까웠다. 책을 좋아하고 생각이 많은 사람인 것 같았다.

기차와 배, 다시 기차를 갈아타면서 불편한 기차 침대에서 잠을 자며 가야 했던 경성인데, 배를 타고 가니 다음 날 오후에 접어들 때에는 도착하였다.

　평소라면 혼슈本州, 시코쿠四國, 규슈九州 사이의 내해內海를 지날 때는 20노트로 천천히 항해하여야 하지만, 이번 특별선의 목적이 긴급 사항으로 분류되어서 비슷한 항로를 지나는 전 선박에 통보하고 최대속력으로 항해했다. 그래서 원래 도착해야 하는 시간보다 빠르게 도착할 수 있었다.

　배의 용무를 긴급 사항으로 분류하면서까지 빨리 왔던 이유는 서해의 특성 때문이었는데, 선박 크기가 커서 밀물로 올라와서 만조 근처가 아니면 항구에 정박할 수가 없어서였다.

　타고 온 선박이 워낙 커서 만조 시간 때에 1시간 정도만 정박을 할 수 있었기에 시간을 맞추기 위해서 빨리 온 것이다. 지금의 만조를 놓치게 되면 다음 날 새벽이나 오후가 돼서야 다시 내릴 수 있었다.

　항구에 정박하자마자 바로 내렸다.

　항구에는 자발적인 것인지 아니면 강요에 의한 것인지 많은 백성이 나와 있었는데, 일부 백성의 손에는 일장기가 들려 있었다.

"てんのうへいか ばんざい! やすひと でんか殿下 せんざ
い千歳!"

야스히토가 배에서 내리자 백성들에게서 만세 소리가 들
려왔다.

물론 오사카에서 야스히토가 배에 올랐을 때 외쳤던 소리
보다 작게 들렸다. 인원은 비교가 안 될 정도로 많았으나 조
선의 백성들은 큰 소리를 내지 않았고, 재선 일본인들이 그
나마 소리를 크게 내 주어서 민망하지 않을 정도로 소리가
들렸다.

야스히토와 이왕 이은은 만세 소리를 들으면서 조선총독
부에서 마련한 차를 타고 이동하였고, 경성에 연고가 없거나
재산이 넉넉하지 못해서 차량을 보유하지 못한 귀족들은 총
독부에서 마련한 특별 기차를 타기 위해서 이동했다.

"전하, 운현궁에서 차량이 나와 있을 것입니다. 그 차를
타고 경성으로 들어가시면 될 것 같습니다."

"연락을 해 놓은 건가?"

"네, 전하, 나와 있을 것이옵니다."

야스히토를 배웅하고 나자, 사람들은 삼삼오오 모여서 이
동하기 시작했다. 그 이동하는 인원 중에 이복형인 이건도
보였다.

아버지 이강으로부터 공족 위는 물려받았으나, 아직 아버
지가 살아 있어서 사동궁의 재산은 물려받지를 못했다. 그래

서 그는 공 작위를 가지고는 있지만 실질적으로 재산은 많지 않아 궁내성에 공족을 위해 편성되어 있는 예산으로 생활하였다.

그 예산은 생활하기에는 불편함이 없을 정도의 돈이었으나, 차를 사거나 집을 살 정도로 사치를 할 수 있을 수준은 아니었다.

기차를 타러 가는 이건을 불러서 같이 타고 갈까 하다가 그와 나는 그럴 만한 사이가 아니라는 것을 생각하고는 돌아섰다.

"전하, 이번 장례 절차와 장소에 대해서 총독부에서 배포한 유인물이옵니다."

하야카와는 언제 받아 왔는지 종이 한 장을 건넸다. 그 종이에는 이번 장례는 국상國喪에 준하여서 5일장으로 치른다고 적혀 있었다.

국상에 준하지만 진짜 국상처럼 일반 백성들에게까지 흰 옷을 입게 하지는 않았다.

장례 기간도 원래 같으면 3일로 발인을 하여야 하지만, 일본에서 오는 사람들까지 있어서 5일장을 치르는 것 같았다.

장례 절차는 초종初終에서 성복成服까지는 끝이 난 상태였다. 그 이후의 장례 절차까지 조선식에 맞춰서 진행되는 게 적혀 있었다.

일본인들을 위한 배려인지 종이에는 발인 이후 급묘及墓,

반곡反哭, 우제虞祭에서 마지막 길제吉祭에 이르기까지 조선의 장례 절차에 대해서 상세히 적혀 있었다. 지금은 장례 2일 차로 문상을 받는 상황이라고 적혀 있었다.

운현궁에 도착하니 운현궁에서 일하는 하인들이 나의 귀환을 반겼다.

오랜만에 미래의 모습과 똑같아서 나에게 향수를 불러일으키는 운현궁으로 돌아와서 추억에 잠기려고 했는데, 반갑지 않은 얼굴이 눈에 들어왔다.

"이우 공 전하, 오랜만에 뵙습니다."

종로서 고등계 김태식 경부가 자신은 환하게 웃는 것인지 알 수 없으나 내가 보기에는 비열한 웃음을 지으면서 나를 기다리고 있었다.

"김태식 경부, 정말 오랜만이구려. 그 얼굴이 반갑다는 기분이 드니 이상한 것 아니겠소?"

나의 말에 웃음이 조금 일그러지면서 대답했다.

"전하, 김태식이라는 이름은 버린 지 오래이옵니다. 가나자와 다이쿠라라고 불러 주셨으면 합니다."

"아아, 가나자와라고 했나? 그랬었지. 그런 웃긴 이름도 있었어. 그래, 가나자와 경부는 무슨 일로 이곳에 있는 것이오?"

"전하께서 환궁하시는데 경호 책임자로서 안 와 볼 수가 있겠습니까?"

"인사를 하러 온 것이면 이만 가 보도록 하시오. 불령선인을 찾으러 다니느라 바쁜 사람이 이런 곳까지 와서 시간 낭비를 하면 안 되지 않겠소?"

"전하, 어찌 시간 낭비라고 하시옵니까? 저는 기쁜 마음으로 환영을 해 드리러 왔을 뿐입니다. 그럼 또 뵙도록 하겠습니다, 전하."

그의 웃음을 일그러뜨려 버리고 싶었으나, 사고를 치지 말라는 히로무의 당부가 기억나서 그냥 얌전히 돌려보냈다.

운현궁으로 들어가자 8개월 전 이곳을 떠날 때와 똑같이 나를 기다리고 있었다.

노안당을 지나 노락당으로 들어서자 방 안에는 시월이가 이미 나의 짐을 가져다 놓고 정리까지 해 놓아서 8개월 전의 모습과 똑같았다.

내가 일본 동경 별저 서재에서 사용했던 만년필까지도 똑같이 놓여 있었다.

"전하, 오반午飯을 준비하였사온데 올려도 되겠습니까?"

노락당으로 들어가자 하야카와가 들어와서 이야기하였다. 아마도 도착 전에 미리 이야기를 해 놓은 모양이다. 그래서 도착을 하자마자 먹을 수 있도록 준비를 한 거 같았다.

마침 배가 고팠는데, 딱 좋은 시간대에 준비가 된 거 같았다.

"마침 시장하였는데 좋구먼. 들이도록 하게."

"네, 전하."

하야카와가 나가더니 금방 점심상을 가지고 들어왔다.

점심상은 엄청 푸짐하게 차려져 있었다. 아침에 뱃멀미 때문에 약간 속이 메슥거려서 먹지 못했기에 음식이 반가웠다.

"전하, 오전에 속이 좋지 않다고 들어 타락죽駝酪粥도 같이 올렸사오니, 타락죽으로 속을 풀고 나서 식사를 하시옵소서."

운현궁에서 나의 식사를 담당하는 궁인이 음식을 놓고 나서 이야기를 하였다.

우리 집에서 일하는 사람들은 눈치가 빠른 것인지 아니면 정보 교환이 빠른 것인지 생활하면서 편안함을 느낄 수 있어서 아주 좋았다.

밥을 먹고 나서 윤덕영의 장례식장으로 출발하기 전에 시월이가 가지고 온 옷으로 갈아입었다.

하얀색으로 되어 있는 한복이었는데, 한국의 전통 방식 그대로인 것 같았다.

옷을 갈아입고 나가면서 시월이에게 이야기했다.

"방에 있는 걸 이불이 많이 습한 것 같구나. 날이 좋으니 꺼내어서 말리도록 하여라."

"……그리하겠사옵니다, 전하."

시월이는 잠시 멈칫하는 것 같더니 대답을 했다.

내가 나가고 나서 시월이는 나의 방으로 들어와 쌓여 있는 이불 중에서 가장 바깥에 덮는 이불을 가지고 나가 운현궁 뒷마당에서 말릴 것이다. 그 속에는 아무것도 쓰여 있지 않은 작은 한지 한 장이 들어 있었다.

❧

윤덕영이 살았던 서촌에 있는 한옥으로 갔다. 한옥의 위용은 대단했는데, 운현궁의 두 배는 넘어 보이는 크기였다. 아흔아홉 칸의 한옥이라는 것은 알고 있었지만, 생각보다 훨씬 큰 저택이었다. 이 저택만으로도 이 시대의 친일파들이 차지하는 위치를 알 수가 있었다.

마당으로 들어서자 짚으로 만들어진 돗자리와 천막들이 쳐져 있고, 탁자가 가득히 깔려 있었다. 그리고 그 탁자에는 사람들이 삼삼오오 모여서 술을 먹거나 이야기를 하고 있었다.

"엄청난 크기군."

마당으로 들어서서 집에 대해서 감탄하고 있자 어디선가 반가운 목소리가 들려왔다.

"나라를 팔아먹은 사람인데 겨우 이 정도 저택으로 되겠사옵니까? 인왕산 산자락에 인왕동으로 가면 송석원을 비롯하여서 아방궁까지 있습죠. 보시면 놀라서 쓰러지시겠습니다."

"몽양 선생, 여기는 어떻게 오셨습니까?"

일본에서 보았던 몽양은 여전히 서글서글한 사람 좋은 웃음을 지으면서 나에게 말을 해 왔다. 나는 그가 너무 반가워서 인사를 했다. 물론 이곳은 사람이 많은 곳이라 의식을 하면서 작은 목소리로 나의 반가움을 표시했다.

　　"이곳도 좋든 싫든 조선인이 모이는 곳 아니옵니까? 조선인이 모이는 곳이라면 어디든지 가야지요."

　　"그렇군요. 그런데 아방궁이라는 것은 무슨 말이지요? 진시황의 아방궁을 말하는 것입니까?"

　　"그 옛날 아방궁은 완성되지 못했으나, 인왕동에 가 보시면 벽수산장碧樹山莊이라고 이름 붙여진 완성된 아방궁을 보실 수 있을 겁니다. 이름과는 다르게 푸른 숲이 장엄하게 펼쳐진 산이 아니고, 붉은 벽돌의 육중한 건물이 서 있습니다."

　　여운형은 이름의 한자를 풀이해서 웃으면서 이야기를 했다.

　　"한번 보러 가 봐야겠습니다."

　　"멀리 안 가셔도 됩니다. 종로까지만 가셔도 인왕산 아래의 풍경을 해치고 있는 붉은색 건물이 보일 것이옵니다."

　　"별로 좋은 광경은 아닌가 봅니다……."

　　"그러하옵니다, 전하. 전하, 저는 이만 자리를 옮겨야겠습니다. 이곳에서 오랫동안 이야기하는 것을 보이는 건 좋지 않을 것 같군요. 그럼! 이우 공 전하, 만나 뵙고 이렇게 잠시

나마 이야기하게 되어서 영광이었습니다."

여운형은 과장된 몸동작과 약간 큰 목소리로 주위 사람들이 들을 수 있게 말을 하였다. 다분히 보고 있는 시선을 의식한 행동이었다.

그가 가고 나서 손바닥에 느껴지는 이물감을 소매 속으로 숨기고는 향을 피우기 위해서 건물로 들어갔다.

한옥의 마루 위로 올라서자 조문을 하기 위해서 기다리는 사람들과 상주들까지 나를 알아보고는 인사를 해 왔다.

내 앞에서 조문을 기다리고 있던 사람들이 자리를 비켜 주어서 앞으로 나아가 향을 하나 피우고 절을 했다.

"삼가 고인의 명복을 빕니다."

"감사하옵니다, 전하."

상주로 있는 윤덕영의 양자 윤강로가 인사를 해 왔다. 이제 20대 초반인 사람이었다.

원래 조문을 가면 위로의 말도 건네고 해야 하지만, 형식적인 인사 말고는 하지 않았다.

고인에게는 미안하지만 솔직한 심정으로 나라 팔아먹고 이렇게 떵떵거리다 죽은 것을 하늘에 감사하라고 말하고 싶었다. 5년만 더 살아서 내가 이끄는 나라에 있었으면 사지를 찢어 죽였을 것이다.

형식적인 조문을 마치고 내려와서 밖으로 나가려 하자 하야카와가 말했다.

"전하, 저녁이 되면 야스히토 전하가 조문을 올 것이옵니다. 귀족들은 그때까지 계셔야 하는 게 예의이옵니다."

하야카와의 말에 짜증이 밀려오기는 하였으나, 그들의 장단에 맞춰 주기로 한 이상 어쩔 수 없어 구석의 비어 있는 테이블에 가서 앉았다.

놓여 있는 맥주병을 따서 한 잔 따라 마시려다가 잠시 멈칫했다. 병색이 갈색이어서 맥주인 줄 알았는데, 따르니 하얀색 술이 나왔다. 그제야 병을 자세히 보니 라벨에 '조일소주'라고 적혀 있었다.

'이 시대에도 소주가 있었구나. 안 그래도 술을 좀 마시고 싶었는데…….'

좋다고 잔에 따라 놓은 반 컵 정도의 양을 마셨다가, 목이 타들어 가는 느낌을 받았다.

이것은 중국의 술을 먹었을 때의 느낌이었는데, 내가 알고 있던 소주가 아니고 훨씬 독한 술인 거 같았다.

속이 놀라서 잠시 콜록거리고 있으니, 익숙한 목소리의 사람이 내 앞자리에 앉으면서 말했다.

"전하, 전하는 술이 약하신 것 같습니다. 소주를 마시는 정도로 사레가 들려서야 되겠습니까, 전하."

기침을 하다가 목소리에 고개를 들어서 보니 김태식이 나의 눈앞에 앉아 있었다.

"콜록, 콜록, 김태식, 아……아니지, 가나자와 경부가……

콜록, 이곳에는 무슨 일인가? 콜록."

잔기침이 계속 나기는 했으나, 조금씩 나아졌다.

"저 역시 조문을 왔습니다, 전하. 윤 자작님과는 저도 각별한 관계여서 왔지요."

"그대와 윤 자작이 특별한 관계였다? 아~ 하긴 그렇겠군."

"그건 무슨 뜻이옵니까?"

내가 뒷말은 하지 않았으나, 김태식 역시 내가 무슨 뜻으로 말을 하는지 눈치챈 것인지 약간 언짢은 목소리로 물어왔다.

"그대가 더 잘 알고 있지 않소, 뭘 굳이 물어보고 그러나? 조문을 끝냈으면 저기 빈자리 가서 조용히 먹도록 하시오."

나의 축객령에 김태식은 이를 살짝 갈고는 뒤돌아 나에게서 멀어졌다.

김태식이 가고 나서 그제야 마당을 둘러보니 조선에 있는, 아니 만주국과 일본에 있는 민족 반역자들이 다 모이는 회합의 장소 같은 느낌이 들었다.

경성에서 이름 있다고 하는 조선의 귀족들은 다 모여 있었고, 만주국과 일본에서 온 이들도 한자리씩 차지하고 있었다.

아는 얼굴 중에서 신의주에서 만났던 친일파 요시야마 히데아키(최향양)도 눈에 들어왔다.

누구는 출세를 위해서 또 누구는 친목을 위해서 이곳에 왔을 것이나, 확실한 것은 이 중에서 진정 조선의 미래를 걱정하고 위하는 자는 극소수였다. 다들 본인의 안위와 부귀영화를 위해서 참석한 사람들이었다.

일찍 온 사람들이 술을 많이 마셔서인지 사람들의 목소리가 조금씩 커질 즈음 야스히토가 장례식장으로 들어섰다.

"황제皇弟(황제의 동생) 지치부노미야 야스히토 전하가 도착하셨습니다."

큰 소리로 외치지는 않았으나, 장내에 있는 사람들이 전부들을 수 있을 정도로는 말을 하였다.

장례식장이라는 특수성 때문인지 사람들은 어제나 오늘낮같이 만세, 천세를 부르거나 하지는 않았다. 그냥 조용히자리에서 일어나 고개를 숙이는 것으로 예를 표했다.

야스히토는 별다른 감정이 없는 듯 빠르게 사람들을 지나쳐서 조문하였다.

조선의 사람들은 유교식에 따라서 향을 피우고 두 번 절을하였는데, 일본의 귀족들은 향을 피우고 묵념을 3회 한 다음합장을 하는 것으로 끝이 났다.

이어 조문을 마치고 나오며 마루에서 의자와 책상을 가져다가 조의금을 받는 유족에게 흰 종이에 검은색 끈이 둘려있는 봉투를 건네고는 밖으로 나왔다.

원래 일본의 문화에 이렇게 모여서 밥을 먹는 것이 있는지

없는지 알 수는 없었으나, 야스히토는 마루에서 내려와 기단
基壇 위에 서서 주위를 둘러보았다.

한참을 그러다 자신이 아는 사람이 눈에 안 들어왔는지
내가 천막 끝 쪽에 서 있는 것을 발견하고는 이쪽으로 다가
왔다.

"어찌 이리 구석진 자리에 앉아 있는가?"

야스히토의 입장에서는 여기 모인 사람 중에서 내가 가장
편할 것이다. 서로 안면도 많이 있는 상태인 데다 또 여기 모
여 있는 출세를 위해서 눈빛을 반짝이는 사람들보다는 자신
에게 바라는 것이 없는 내가 편해 선택한 것 같았다.

"어서 오십시오, 전하. 전 단지 보이는 자리에 앉았을 뿐
입니다."

"그러한가? 자리에 앉도록 하지. 다른 이들도 나를 신경
쓰지 말고 앉도록 하라."

야스히토가 자리에 앉자 윤덕영의 유족으로 보이는, 상복
을 입은 아낙 한 명이 와서 음식과 술을 내려놓았다. 우리는
작은 호리병에 들어 있는 술을 각자의 잔에 따라 마시면서
이야기를 하였다.

야스히토가 자리에 앉고 나서 이야기를 하자 마당에 서 있
던 모든 사람이 자기 자리에 앉아서 다시 술을 마시거나 조
용히 이야기하기 시작했다. 그래도 아까의 소란스러움보다
는 소리가 작아졌다.

"조선의 장례 문화는 원래 이런 것인가? 본토에서 조용히 하는 것과는 다르게 문밖에서 들으니 많은 이들이 술을 마시고 시끄러운 소리가 들리더군."

야스히토가 들어오기 전에 안에서는 많은 사람이 술을 마시며 소란스러움이 있었던 건 사실이었다.

"조선에서는 장례식을 치르는 동안 상갓집에 사람이 넘쳐 나고 많은 이들이 와서 육개장과 술을 먹어 주는 것이 고인을 좋은 곳으로 가게 해 준다고 믿습니다."

"특이한 문화로군. 분위기만 보면 장례식이 아니고 축제 같아."

확실히 야스히토의 말과 비슷하게 장례식장에 모여 있는 사람들은 침울한 표정보다는 약간의 웃음도 있고, 술을 먹으며 즐기고 있었다.

"조선에서는 이렇게 많은 사람이 오는 것을 좋게 여깁니다. 고인이 생전에 많은 일을 하였고, 사람을 얻었다는 뜻으로 생각하는 거지요."

확실히 그는 친일파들에게는 신적인 존재였다.

일본을 조선으로 끌고 들어왔고, 또 경술국치 때에 순정효황후가 숨겼던 옥새를 치마 속에서 탈취했으며, 순종의 천황 알현을 주도한 사람이기도 했다.

친일파의 입장에서는 이완용과 함께 쌍두마차가 되는 사람이었다.

"그러한가?"

"그리고 호상好喪이기 때문에 더할 것이옵니다."

"호상이라……. 죽음에도 좋은 죽음이 있는 것인가? 내지內地 사람들은 다르구나."

"조선에서는 천수天壽를 다 누리고, 말년에 병이 아닌 큰 고통 없이 죽는 경우를 호상이라고 하옵니다. 그런 면에서 죽은 윤덕영 자작은 일흔에 가까운 나이까지 장수하였고, 특별히 큰 아픈 병이 없이 죽었기에 호상이라고 하옵니다."

나로서는 애통한 일이었으나 사실이었다. 윤덕영은 한국 나이로 68세에 죽었다. 이 시대의 평균수명이 38세 정도인 것을 고려하면 엄청나게 장수한 것이다.

또한 윤덕영은 나라를 팔아먹어서 자신이 하고 싶은 것을 다 하고, 큰 저택과 많은 돈을 가졌다. 그리고 조선총독부 중추원中樞院의 고문을 10년 이상 하고, 죽기 전에는 의장인 총독을 제외하고 조선에서 가장 높은 위치인 부의장에 임명되기까지 하여서 권력까지 가진 삶을 살았다.

소문에는 어린 첩을 수십 명씩 거느렸으며 마지막까지 어린 첩의 품에서 죽었다고 했으나, 사실인지 아닌지는 알 길이 없었다.

"그러한가? 하긴 부의장이 오랫동안 살기는 하였지."

"그러하옵니다."

"그래, 이우 공은 요즘 운동을 하고 있나? 같이 등산을 간

지도 오래된 거 같아."

야스히토는 스포츠광이어서 온갖 스포츠를 즐겼는데, 이우 공이 사관학교 시절에 야시히토가 도쿄에 있는 사단에서 근무하여서 동경 근처의 산들과 오사카와 동경의 중앙 지점에 있는 '북알프스'라 불리는 히다 산맥을 같이 종주하기도 했다.

야스히토는 다른 왕족과는 다르게 신분에는 관심이 없는 사람이었다. 그는 마음이 맞는 사람이면 같이 운동을 하고 친하게 지냈다.

"그러하옵니다, 전하."

과거의 이우 공도 일본의 황족 중에서 유일하게 반감이 아닌 호감을 갖고 있는 인물이기도 했다.

"이우 공은 스키를 타 보았나?"

"아직 한번도 타 보지 못했사옵니다."

미래에 있을 때 학점을 쉽게 받기 위해서 겨울에 4박 5일만 가면 되는 스키 수업을 들어서 배운 적이 있었다. 그래서 탈 줄은 알았으나, 이우 공은 한번도 타 본 적이 없었다.

"그런가? 그럼 같이 한번 타러 가도록 하지. 내가 몇 년 전부터 스키를 배웠는데, 아주 재미가 있어. 그러니 자네도 나와 함께 타러 가도록 하세."

"알겠사옵니다, 전하."

"그리고 말이야, 이곳에 있는 사람들이 마음에 들지 않더라도 마음을 숨기려면 눈빛을 바꾸는 연습부터 하여야 할 것이야. 나야 군국주의를 싫어하고 자네의 나라를 수탈하는 것이 잘못되었다고 생각하는 사람이지만, 지금의 정부에는 그게 아닌 사람들이 대부분이야. 그러니 눈빛을 죽이는 연습부터 하게. 호랑이는 사냥을 할 때에 마지막 딱 한순간만 살기를 내뿜는다네. 그래야지 사냥감이 도망가지 않거든."

야스히토는 술잔을 들이켜면서 바로 앞에 있는 나에게만 들릴 정도로 조용한 목소리로 가볍게 이야기했다. 하나 그 내용은 절대 가벼운 것이 아니기에 나의 가슴을 철렁하게 만들었다.

"나 먼저 갈 테니 신경 쓰지 말게. 3일 후 발인 때나 보자고. 그리고 언제 스키 타러 갈 날짜를 정해서 일러 줄 터이니 같이 가자고."

내가 당황해서 아무런 말도 하지 못하는 사이에 그는 자리에서 일어나서 상갓집을 벗어났다.

그는 벗어났지만, 그의 한마디는 나의 심장을 두근거리게 하였다.

사고를 치지 않고 조용히 있겠다고 생각하였는데, 눈앞에서 이우 공의 기억 속에 있는 많은 친일파를 보자 나의 눈빛이 강해진 거 같았다. 그런 부분을 야스히토가 알아채고 경고해 주고는 나가 버렸다.

그의 경고를 받자 정신이 번쩍 들었다.

야스히토가 민감한 사람이더라도 그 정도 민감한 사람이
또 없으리라는 보장은 없었다. 그래서 될 수 있으면 다른 이
들을 무심하게 보려고 노력을 했다. 호감을 갖고 볼 순 없더
라도 무심하게 보는 것은 되었다.

2장

야스히토가 가고 나서 나도 자리를 뜨려고 했는데, 숙부인 이은이 와서 어쩔 수 없이 이은이 일어날 때까지 자리를 지키다가 운현궁으로 돌아왔다.

운현궁으로 돌아오자마자 방의 병풍 뒤에 놓여 있는 이불 제일 위 칸에 무명천으로 되어 있는 겉 이불을 만져 보았다. 그러자 곱게 접어 놓은 이불 사이에 작은 봉투가 하나 나왔다.

봉투에는 붉은색 도장이 찍혀 있었는데, 가운데는 조선 왕실을 상징하는 오얏꽃 무늬가 있고 그 오얏꽃 문양을 중심으로 가장자리에 성충보좌聖衷輔佐, '임금의 마음을 돕는다.'라는 한자와 건곤감리乾坤坎離 사괘가 번갈아 가면서 적혀 있는 도장이었다.

일본을 가고 나서 찾은 이우 공의 기억에 의존해서 한 행동이었다. 그 기억마저 2년 전의 것으로 혹시 없어졌을 수도 있지 않겠느냐는 생각을 가지고 있었는데, 바로 대한제국의 비밀 정보 기구인 제국익문사帝國益聞社에 대한 것이었다.

2년 전 이우가 일본으로부터 심한 감시를 받아서 지금은 상황이 너무 좋지 않으니 중국으로 피난을 가라 한 것이 마지막 명령이었다.

그 이후로는 명령이 없었다. 그래서 지금도 제국익문사가 남아 있을까 궁금해서 도박 삼아서 연락을 하는 방법의 하나였던 것을 시도해 보았는데, 거짓말처럼 답장이 도착해 있었다.

그 도장을 보는 순간 '제국익문사의 것이 맞구나.' 하고 확신할 수 있었다. 얼른 종이를 푸니, 아무것도 적혀 있지 않은 종이 한 장이 나왔다. 정보를 전달하는 방법 역시 완벽히 제국익문사의 그것이었다.

운현궁에는 전기가 들어와 있어서 쓸 일이 자주 없는 양초에 성냥으로 불을 붙인 다음 종이를 그 위에 올려서 그슬렸다. 그러자 거짓말처럼 글씨들이 나타나기 시작했다.

초등학교 시절에 학교에서 레몬즙으로 실험하였던 것과 같은 원리였는데, 이들은 이것을 화학비사법이라고 부르며 비문을 전달하는 방법으로 사용했다.

전하, 이렇게 다시 연락을 주셔서 감읍感泣할 따름입니다. 말씀하신 대로 대다수의 요원이 연락이 끊어지거나 간악한 일제에 의해서 비명횡사를 하였습니다. 살아 있는 정보원들 중 고향으로 낙향한 경우도 있고, 상해의 임시정부로 간 인원도 있습니다. 또한, 일부는 아직 임지任地에서 작으나마 민족 반역자들의 정보와 일제의 정보를 보내오고 있습니다.

현재 연락이 가능한 인원은 아래와 같습니다.

사무司務 경성 1명.

사기司記 경성 2명, 함경도 1명, 경상도 1명.

사신司信 함경도 1명, 경상도 1명, 평안도 1명.

상임통신원 상해 1명, 블라디보스토크 1명, 경상도 1명, 전라도 2명, 황해도 1명, 충청도 1명, 경기도 1명이옵니다.

또한 그간의 정보를 다른 종이에 정리하여서 보내옵니다.

-독리督理 올림

과거 제국 시절에는 예순한 명이 넘는 인원이 있었다고 기억에 있었다. 아니, 융희제로부터 이우 공이 인계받았을 때도 그 인원이 있었는데, 그사이에 많은 이들이 이탈하거나 일제에 죽거나 연락이 두절된 것 같았다.

마지막에 연락할 때에 어느 정도 돈을 주기는 하였으나 긴 시간을 버티기에는 모자랐던 것 같았다.

아니, 어떻게 보면 이 위험하고 복잡한 시절에 단지 충성만으로 열여섯 명의 인원이 남아 주었으니 훨씬 의미가 큰 일일 수도 있었다.

제국익문사를 재건하기 위해서는 돈이 필요했다.

제국익문사와 황제는 서류만 주고받았지 실질적으로 돈을 주고받지는 않았다. 보통 작전 자금은 러시아제국의 중국 주재 은행이었던 로청은행에 맡겨서 주고받았었는데, 지금은 그 은행이 폐쇄되어서 자금을 주고받을 길이 막혀 있었다.

기억 속 이우 공은 경성 주재 상임통신원을 통해서 익문사에 마지막 자금을 전달했었다.

이제는 제국익문사를 다시 재건할 필요가 있었다. 재건을 하려면 자금을 독리에게 전달해야 했다.

오전에 쓰고 남은 과일즙을 꺼내어서 글씨를 썼다.

그대와 만나고 싶으니 만날 방법을 강구 바람.

필요하다면 운현궁의 비밀 통로를 이용해 야음夜陰을 틈타서 궁을 빠져나가 종로까지는 갈 수 있으니, 이것을 포함하여서 어디서 어떻게 만나면 좋을지를 정하여 답을 주기 바람.

3일 후 역적 윤덕영의 장례가 끝이 나면 동경으로 돌아가야 하니, 그 전에 만날 수 있도록 방법을 강구 바람.

글을 쓴 종이를 곱게 접은 다음 시월이를 불러들였다.

"이것을 노안당 뒤에 놓도록 하라."

밖에서 들을 수 없도록 작은 목소리로 시월이에게 이야기
하자 알았다는 듯 편지를 품속으로 숨기고 밖으로 나갔다.

이것은 제국익문사와 연락하는 또 다른 방법이었는데, 미
리 지정해 놓은 운현궁의 담장 기와 밑에다가 밤늦게 서신을
놓아두는 방법이었다.

"전하, 시월이옵니다. 말씀하신 다과상을 준비하여 왔습
니다."

밤이 야심한 시각, 문밖에서 시월이의 목소리가 들려왔다.
내가 따로 다과상을 들이라고 하지는 않았는데 가지고 온 것
은 무언가 나에게 전달할 것이 있다는 뜻이었다.

"들어오게."

밤이 늦은 시간이기는 했으나 아직 정리해 놓았던 책을
살펴보는 중이어서 침구에 누워 있지 않아 바로 들어오도록
했다.

시월이는 다과상 위에 유과와 비스킷 몇 종류를 올려서 가
지고 들어와 나의 앞에 내려놓았다. 그리고 무릎을 꿇고 앉
으며 종이 한 장을 건네 왔다.

"기와에서 가져온 것입니다."

그녀는 내가 겨우 들을 수 있는 작은 목소리로 말했다.

그녀가 건넨 편지에는 제국익문사를 뜻하는 도장이 찍혀 있었다.

내가 편지를 받아서 책상 아래로 숨기자, 시월이는 인사를 하고 밖으로 나갔다.

문이 닫히자 숨겼던 편지를 꺼내어서 펼쳤다. 편지는 아까와 똑같이 아무것도 쓰인 것이 없는 하얀 종이었다.

촛불에 불을 붙이고 편지에 열을 가하자 숨겨져 있던 글씨들이 하나둘씩 나타나기 시작했다.

전하, 소인을 만나시는 건 그렇게 어렵지 않습니다. 몰래 운현궁을 나오실 필요도 없이, 종로 1정목 5번지에 있는 성심聖心 양복점으로 오시면 됩니다.

총독부의 사람들도 많이 와서 옷을 맞추는 곳이니, 그들이 의심하지는 않을 것이옵니다.

이우의 기억 속에는 없는 가게였는데, 이우와 연락을 하지 않은 2년 사이에 새로이 만들어진 모양이었다.

'어떻게 가야 하나?' 하고 고민하고 있었는데, 그 고민이 해결되어서 다행이었다.

운현궁 내에 있는 비밀 통로는 이로당의 건물 가운데 있는 정원 주위의 마루 아래에 있었다.

돌을 쌓아서 만든 땅속의 길이었는데, 사람 한 사람이 겨우 걸어갈 수 있을 정도의 공간이었다.

이 공간은 권력에 대해서 집착이 강했던 흥선대원군이 많은 정적의 살해 위협에서 벗어나기 위해 만들어 놓은 것이었다.

길은 조선 시대에 운현궁을 경호하는 군사가 숙식했던 수직사의 바깥쪽으로 나 있었다.

물론 출구도 가장 바깥쪽 전각의 마루 아래에 있어서 보이지 않았다. 그 전각을 나가서 다른 곳에서는 잘 안 보이는 담장을 넘으면 운현궁 밖으로 나갈 수 있게 설계되어 있었다.

이 공간을 흥선대원군의 아들인 흥친왕 이재면과 영선군 이준용이 알고 있었는지 알 길은 없었으나, 이준용이 죽고 나서 양자로 들어온 이우는 이 통로를 알지 못하다가 아홉 살 때에 혼자 집에서 놀다가 발견했다.

어린 시절에는 그냥 '비밀 통로구나.'라고만 생각을 하고 뛰놀았었는데, 나이가 들면서 그 용도와 누가 만들었는지에 대해서 조사하다 집 안에 있던 흥선대원군의 글들을 보면서 사연을 알게 되었다.

그런 통로를 이용하지 않아서 좋은 이유가 있다. 이미 만들어진 후 최소 60년 이상 흘러서 통로 안쪽에는 진흙도 있고 거미줄을 비롯한 지저분한 것이 많았다. 그래서 어린 시절 그곳을 갔다 오면 유모가 더럽혀진 옷에 놀랐었다.

이우 공이 자라며 그 후 15년 이상의 세월을 들어가지 않아서 엄청나게 지저분해져 있을 가능성이 컸다.

언젠가 꼭 필요한 순간이 와서 사용하게 되겠지만, 지금은 아니어서 안도했다.

꿏

다음 날 아침 일찍 조선호텔에서 머무르고 있는 숙부 이은에게서 전갈이 왔다.

이은은 조선으로 돌아오면 원래 대한제국의 정궁이었던 덕수궁이나 창덕궁에서 지내야 맞다. 그러나 덕수궁은 이미 총독부에 의해 이왕가의 박물관으로 만들어져 있었고 창덕궁 역시 사람이 지낼 수 있는 상황은 아니어서, 조선에 오면 조선호텔에서 지내고 있었다.

이은이 조선에서 오래 머무른다면 창덕궁을 고쳐서 생활하겠으나, 1년에 몇 번 오지 않았다. 또 조선총독부에서 민간의 동요를 우려해 조선 시대 정궁들의 사용을 금해서 사용하지 못했다.

일본은 이은에게 조선 왕조가 아직 유지되고 있다는 느낌을 주는 어떠한 행위도 하지 못하게 하였다.

"그래, 이왕 전하께서 보내셨다고?"

"네, 전하. 이왕 전하께서 오늘 화신백화점에서 열리는 경매에 참여하는 게 어떤지 물으셨습니다."

굳이 이런 이야기를 전화로 하지 않고 이곳까지 하인을 보내어서 하는 이유를 알 수 없었으나, 직접 와서 이야기를 하고 있었다.

조선호텔에서 여기까지 그리 먼 거리는 아니었으나 하인들이 차를 타고 왔을 리 없다. 전차는 조선호텔에서 운현궁까지의 길 중에서 반 정도만 다니고 있어서 나머지는 걸어서 와야 해서 오는 데 꽤 걸렸을 것이다.

"알겠다. 참석한다고 말씀드리거라. 몇 시에, 어디로 가면 되느냐?"

"경매는 저녁 7시부터 진행이 되는데, 이왕 전하께서는 5시쯤에 호텔로 오셔서 석식을 같이하였으면 하셨습니다, 전하."

"알겠다. 그리하겠다 말씀드리거라."

"네, 전하."

아마도 화신백화점에서 열리는 경매라는 것은 문화재 경매일 것이다. 화신백화점의 사장인 박흥식은 전형적인 정경유착을 하는 큰 경제인으로서 조선총독부를 위해서 일하는 인물이었다.

화신백화점에서 열리는 경매의 물건은 대부분 역시 한국과 중국의 문화재들이었다.

약탈한 문화재들과 정상적인 절차로 사들인 문화재들을

섞어서 경매라는 방법으로 거래해 일본으로 가져가도 법적으로 문제없게 만들어 주었다.

약탈한 군인들은 이곳에서 현금화를 시키고, 구매를 한 일본인들은 본국으로 안전하게 가지고 갈 서류를 만드는 공간이었다.

이런 경매를 3개월에 한 번씩 진행하는데, 이은의 부탁으로 이우 공이 1년에 한두 번씩 참가해서 한국의 문화재를 구매했다. 문화재 반출을 조금이라도 막아 보려 노력하는 것이다.

그런데 마침 이번에 후반기 첫 번째 열리는 경매가 오늘 열리는 것 같았다. 1년의 마지막 경매는 항상 12월 30일에 열리기 때문에 이번의 경매가 후반기 첫 번째 경매라는 것을 알 수 있었다.

그렇게 이은 숙부에게서 온 하인을 돌려보내고 시월이에게 제국익문사에 줄 돈을 찾아오게 하였다.

차명으로 조선은행에 맡겨져 있는 현금도 꽤 되어서 그것을 찾아오게 했다. 대한제국의 비자금은 대부분 망국 이전에 미국과 영국, 중국의 은행들에 분산되어 숨겼지만, 조선은행에도 일부의 비자금이 숨겨져 있었다.

시월이가 돈을 찾아오자 하야카와를 방으로 불러들였다.

"전하, 부르셨습니까?"

"오후에 오반을 먹고 나서 종로에 있는 양복점 거리에 갔다가 바로 조선호텔로 갈 것이니 그리 준비해 주게."

이은의 하인이 와서 하인과 이야기할 때 하야카와도 있었기에 나의 짧은 말에도 그는 이해하고 대답했다.

"알겠사옵니다, 전하."

1년에 한두 번은 종로에 있는 양복점에서 사람을 불러서 옷을 맞추기도 하고, 양복점으로 가서 맞추기도 하여서인지 별다른 말 없이 대답하고 밖으로 나갔다.

준비해 준 점심을 먹고 나서 집 안에서 입는 한복에서 외출할 때 입는 양복으로 갈아입고 밖으로 나가자 하야카와가 외출 준비를 마치고 기다리고 있었다.

종로의 양복점들이 모여 있는 1정목으로 들어서자 한쪽 길에 십여 개의 양복점들이 모여 있었다.

종로에서 처음 양복점을 개업한 한흥양복점부터 이곳에서 가장 유명한 종로양복점까지 모두 모여 있어서 양복 거리라고 해도 과언이 아닌 곳이었다.

이 시대에는 흔치 않은 전면 통유리로 되어 있어서 마네킹에 양복이 입혀져 있는 양복점들이 늘어서 있었다. 그 양복점들의 창문을 보면서 어느 곳으로 갈까 고민하는 척하다 성심양복점을 찾았다.

양복점 거리의 중간 즈음 다른 통유리로 되어 있는 집들과 다르게 나무 문에 큰 유리창이 달린 곳이 보였는데, 그곳이 성심양복점이었다.

외관은 영화에서 보았던 '킹스맨'의 양복점과 거의 같은 느낌이었다. 문의 손잡이도 금빛으로 빛나고 있었다.

"이곳은 처음 보는군. 오늘은 이곳으로 가세."

문을 열고 들어서자 하얀 셔츠에 검은 양복바지를 입고 목에는 긴 줄자를 두른 채 손에는 큰 나무 자로 천을 재단하고 있는, 30대 후반 정도 되어 보이는 테일러tailor가 눈에 들어왔다.

"어서 오십시오."

내가 안으로 들어서자 인사를 해 왔다. 나를 보고도 그는 아주 자연스럽게 인사하고 응대했다.

"양복을 한 벌 맞추려고 하네."

독리가 누구인지 알 수가 없어서 일단 자연스럽게 행동했다.

"손님분의 양복도 같이 맞추시나요?"

테일러는 나의 뒤에 있는 하야카와에게 말을 하였다.

"아, 저는 안 맞춥니다."

"그럼 일단 치수를 확인해야 하니까 맞추시는 손님만 가봉실로 모시겠습니다."

테일러는 그렇게 말하고 나를 두 개의 문 중에서 한 곳으로 안내했다.

"여기 앉아서 기다리게."

하야카와는 내가 말하지 않으면 이곳에 서서 내가 나올 때까지 기다릴 것 같아 그리 말하고는 테일러의 뒤를 따라서 들어갔다.

테일러는 방 안으로 들어가자마자 정면에 있는 거울을 치우고 그 뒤에 있는 문을 열어 주었다. 그러고는 나에게 들어가라는 듯 몸짓을 했다. 그 몸짓으로 나를 알고 있다는 확인을 하고는 그 문 안으로 들어갔다.

문 안으로 들어가자 주황색 전구가 달린 작은 통로가 나왔고 그 통로 끝까지 가니 다시 문이 있었다.

문을 열고 들어가니 가게의 뒤쪽 공간인 듯한 마당이 나왔다. 잠시 당황하였으나 바로 들려오는 목소리에 고개를 돌렸다.

"제국익문사 독리 감청천이 전하를 알현하옵니다."

고개를 돌리자 60대는 되어 보이는 노인이 나를 보고는 들고 있던 지팡이를 옆으로 젖혀 놓고 절을 해 왔다.

흰머리가 가득했다. 살짝 굽어 있는 그의 허리가 그의 나이를 짐작하게 했다.

다가가서 그를 일으키기 위해서 손을 잡자, 손에서 그가 살아온 삶을 짐작할 만큼 잔주름과 굳은살이 느껴졌다.

"일어나세요."

"전하의 곁을 지키지 못한 소신의 불충을 용서하지 마시옵소서."

독리는 나를 마치 옛날 광무제나 융희제를 대하듯이 행동하였다. 내가 융희제의 유지를 이어받기는 하였으나 황제 자리에 오른 적도 없고, 조선의 임금 자리에 오른 적도 없어서 그의 행동이 어색하게 느껴졌다.

"일단 일어나세요. 저는 제국의 후인이기는 하나 황제가 아니에요. 이렇게 예를 갖출 필요는 없어요."

"하오나, 전하."

"일어나세요. 이건 명령입니다."

명령이라고 말을 하고서야 그가 일어났다.

일어난 그에게 내가 지팡이를 주워서 손에 들려 주었다. 그리고 나이가 있는 그가 서 있는 건 좋지 않을 것 같아 마당에 있는 야외 평상에 앉도록 하려 했다.

"일단 여기 앉아서 이야기하도록 하죠."

"신하와 주군은 절대 같은 자리에 앉지 않습니다. 이곳에 서 있겠습니다, 전하."

그가 지팡이를 짚으면서까지 강력하게 말했다. 하지만 저 노인을 세워 놓고 이야기하는 건 내 상식에 어긋나는 일이었기 때문에 다시 입을 열었다.

"여기 앉으세요. 같이 앉아서 이야기하도록 하죠. 이것도 명령이라고 해야 앉으실 건가요?"

그는 나의 눈치를 잠시 보는 것 같더니 쩔뚝거리면서 내가 앉아 있는 평상 맞은편에 앉았다.

"이렇게 보는 건 처음이군요, 독리."

"황실의 그림자가 상황이 좋지 않아 이렇게 주군께 드러나게 되었으니, 이 불충을 벌하여 주시기 바랍니다, 전하."

"제국은 망국의 길로 접어들었어요. 그러니 독리가 나에게 얼굴을 보이는 게 불충이랄 것도 없지요. 신경을 쓰지 마세요. 그보다 이곳은 어디입니까?"

그가 하고 싶은 말을 계속하게 놔둬 봐야 불충이니 황망하니 이런 말만 나올 것 같아서 그냥 내가 알고 싶은 것을 그에게 물었다.

"네, 전하, 이곳은 과거 제국익문사의 경성 본사가 위치해 있던 곳입니다. 얼마간의 운영 자금으로 운영을 하다가 자금 사정이 점점 안 좋아지고 일제의 감시가 심해져서 동지들이 뿔뿔이 흩어졌습니다. 그러다 2년 전에 전하께서 주신 돈으로 자구책을 마련했습니다. 러시아에서 보통 정보원으로 있으며 재단사로 위장했던 요원을 한국으로 불러들인 거지요. 그렇게 본사를 숨기기 위해서 그를 내세워 가게를 열게 되었습니다."

담담하게 이야기하는 그를 보니 그간의 어려움이 한눈에 들어오는 것 같았다.

나라가 멸망하고 융희제가 죽고 나서 14년이 흘렀다. 뜻을 같이했던 동료들이 떠나거나 연락이 끊겨 비명횡사하였는지 알 길은 없었을 터. 독리로서 이 제국익문사를 건사하기 위해서 노력하였을 그의 모습이 보이는 것 같았다.

"지금 이 순간부터 제국익문사의 모든 요원을 불러들이세요."

"정보 수집 활동을 중단하라는 말씀이시옵니까?"

나의 명령에 독리는 놀란 듯이 물었다.

내가 생각하기에 분명 그들이 그 지역에서 오랜 기간 활동하면서 형성한 인맥과 정보를 무시할 수는 없겠지만, 그들이 각 지역에 한두 명씩 남아 있는 지금의 상황으로서는 정상적인 첩보 활동이 가능할 것 같지 않았다.

이미 현역에서 활동한 지 최소 15년부터 길게는 30년씩 된 첩보 방면의 전문가들이었다. 지금은 한 사람 한 사람 인적자원이 중요한 상황이다. 더는 그 인원들의 안전을 담보해서 첩보 활동을 할 수는 없었다.

"그래요. 경성의 본사를 제외하고는 전부 폐쇄하도록 하세요."

"하오나 전하, 저희는……."

"독리가 무슨 말을 하고 싶은지는 알고 있어요. 그래서 더욱 폐쇄해야 해요. 모든 인원을 모아서 중경으로 보내세요."

"중경이라 하시면, 혹 임시정부를 이야기하시는 것이옵니까? 그들은 제국이 존재함을 무시하고 임시정부라는 반제국 단체를 만든 이들이옵니다, 전하."

아마도 독리의 머릿속은 세뇌가 된 것인지 아니면 제국에 대한 충성심이 너무나도 강한 것인지 알 수는 없었지만, 그는 아직도 제국이 존재하고 있다고 믿고 있는 것 같았다. 아니, 믿고 있었다.

"독리, 제국은 이미 없어졌고 지금은 네 편 내 편 가를 때가 아니에요. 하나로 뭉쳐서 제국을 말살한 저 일본을 몰아내야 할 때예요."

"하오나, 전하."

독리가 뭐라고 이야기하려고 했으나 내가 그의 말을 끊어버리고 계속해서 말을 이어 갔다.

"독리, 대한제국이란 건 우리가 밟고 있는 땅도 아니고, 저기 경복궁, 창덕궁도 아니며, 그 궁에 살았던 황제도 아니에요. 대한제국이란 대한제국의 백성들을 말하는 것이죠. 임시정부 역시 대한제국의 백성들입니다. 목표를 향해서 가는 길은 약간 다르나, 결국은 그들 역시 '대한'이라는 이름 아래에서 새로운 질서를 만들어 가는 것일 뿐이죠. 그들 역시 제국의 정신을 이어 가는 것이니 나의 말을 따라 주세요."

"……알겠사옵니다, 전하."

독리는 나의 말을 이해는 하지만 마음에는 들지 않는 듯 굳은 표정으로 억지로 대답했다.

"전 인원은 중경으로 보내고, 중경에 있는 성재 이시영 선생을 찾아가세요. 그곳에서 인원을 선발하여서 요원들을 키워 내도록 하세요. 3년 후부터 제대로 된 활동을 시작할 것이니, 3년 동안은 그들을 키워 내는 데에 집중하세요. 이곳 경성 본사는 남겨 두어 중경과의 연락만 담당하도록 하시고요."

"요원들을 말씀이시옵니까?"

"지금의 인원으로는 첩보 활동이 힘드니 인원을 보충하세요. 요원들을 양성하여서 단 한 번의 전쟁을 위해서 힘을 집중할 수 있게 만드세요."

"말씀하신 대로 하겠습니다, 전하."

후학을 양성하겠다고 말해서 그런지 처음 제국익문사를 해체하겠다고 하였을 때보다는 누그러진 반응으로 대답하였다.

그 역시도 지금의 익문사로는 정상적인 첩보 활동이 힘들다는 것을 느끼고 있었을 것이다. 그런 그에게 익문사의 새로운 요원들을 교육할 돈을 건네주었다.

과거의 이우도 적지 않은 돈을 가지고 있었는데 이들에게 지원을 제대로 하지 못했던 이유는 어디에다 돈을 써야 하는지 확실하게 판단을 하지 못했기 때문이다.

지금의 나는 '오픈 북'으로 시험을 치는 학생처럼 필요한 곳에 적절히 사용을 하고 있지만, 과거의 이우는 그러지 못했다. 그는 전쟁이 언제 끝날지도 몰랐고, 일본이 과연 패망할 것인가에 대한 확신도 없었다. 또 그런 확신이 들었을 때는 이미 일본이 패망의 길로 접어들어서 손쓸 수 없는 상황이었다.

"중경으로 가게 되면 본사는 임시정부 아래로 들어가게 되는 것이옵니까?"

"중경으로 간다고 하였지, 그들에게 들어가라는 말은 하지 않았어요. 많은 인원을 교육하고 훈련할 장소가 마땅치 않아서 중경으로 가는 것일 뿐에요. 임시정부와 협력은 하겠지만 그들의 아래로 들어가는 것과는 전혀 다르죠."

나의 말에 독리의 표정이 아까보다 조금 더 밝아졌다. 그는 중경으로 가라는 나의 말을 임시정부 아래로 들어가라는 것으로 해석한 모양이었다.

"전하, 시간이 너무 지체되었사옵니다. 밖의 하야카와가 의심할 수도 있어 돌아가셔야 합니다."

독리와 이야기를 마칠 즈음 테일러가 문을 열고 나와서 나에게 말했다.

그가 나와 같이 온 인물이 하야카와라는 것을 어떻게 알았을까 생각하다가 지금은 무너지긴 하였지만 그들의 일이 정보를 모으는 것임을 생각하자 이해할 수 있었다.

"전하, 부디 옥체 보존하시옵소서."

독리는 내가 자리에서 일어나자 자신도 자리에서 일어나서 큰절을 하였다. 그런 그의 인사를 받으면서 다시 가봉실로 들어갔다.

가봉실에 들어가자 테일러가 나에게 천에 핀을 사용해서 만들어 놓은 재킷 하나를 건네었다. 물론 재킷이라고 하기에는 조금 무리가 있는, 천들을 핀으로 대충 고정해 만들어 놓은 것이다.

그가 건넨 옷을 입자 마치 나의 치수를 재어서 만들기라도 한 듯 딱 맞는 느낌이었다.

"전하, 혹 하야카와가 시간이 오래 걸린 걸 의아해할까 봐서 만들어 보았습니다. 치수는 잘 맞아서 더 손볼 필요는 없을 것 같습니다."

그는 팔의 기장과 바지의 허리둘레와 기장을 약간씩 수정하고 재킷의 허리 부분 역시 조금 더 빡빡하게 만들고 나서 말했다.

"알겠네. 일단 이대로 나가도록 하지."

테일러에게 말하고 나서 밖으로 나갔다.

꽃무늬

이 가게의 구조는 가봉실과 그 앞의 대기실이 막혀 있어서 밖에서는 볼 수 없게 되어 있었다. 그래서 대기실에서 대기하는 사람은 가봉된 옷을 걸치고 나가야 이야기할 수 있었다.

"전하, 오래 걸리셔서 무슨 일이 있으신가 하였습니다."

내가 밖으로 나가자 하야카와가 자리에서 일어나면서 말을 하다가 내가 입고 있는 가봉 옷을 보더니 이해하는 눈빛이 되었다.

"하야카와, 어떤가?"

"잘 어울리시옵니다. 그 짧은 시간에 옷을 만들어 입고 나
오셨습니다, 전하."

"옷이랄 건 없고, 나의 몸에 정확히 맞는 크기를 만들기
위해서 이 가게는 이렇게 한다더군. 총독부에서 인기가 많다
고 하더니 다 이유가 있었어."

"이곳이 총독부에 인기가 있사옵니까? 이곳을 알고 오신
것이옵니까?"

하야카와와 이야기를 하다가 순간 뜨끔했다. 분명 나는 이
곳을 모르고 온 것처럼 했는데, 내가 말을 실수해 하야카와
가 이상해하면서 물어 왔다.

"어제 상갓집에서 옆의 총독부 관리들이 이야기하는 것을
들었네. 종로에 나와서 둘러보니 그 성심이란 간판이 딱 보
였고 가게의 외관도 마음에 들었을 뿐이야."

급히 최대한 변명으로 들리지 않게 변명을 하자 하야카와
는 의심의 눈초리를 푸는 거 같았다. 아니, 풀지 않고 궁내성
에 보고할 수도 있었지만, 이미 말은 쏟아졌기에 주워 담을
수는 없었다.

마음속으로 나의 경솔함을 자책하였으나, 겉으로는 최대
한 태연하게 행동하였다.

가봉된 옷을 벗고 테일러가 가지고 온 천 중에서 재질을

골랐다. 이어 디자인되어 있는 책에서 디자인까지 고르고 나서 성심양복점을 벗어났다.

종로 거리로 나와서 시계를 보니 오후 3시가 조금 넘어가는 시간이었다. 이은과의 약속 시각은 많이 남아 있는 상태여서 천천히 걸어가며 종로와 서울역, 육조 거리까지 이어지는 서울의 중심가를 훑어볼 마음을 먹었다.

"하야카와."

"네, 전하."

"차를 궁으로 돌려보내게."

"차를 말씀이십니까? 조선호텔에서 이왕 전하와 약조가 있어 가시는 것 아니셨습니까?"

하야카와가 갑작스러운 나의 명령에 놀라서 되물었다.

"시간이 남아 있으니 걸어갈 작정이네. 그러니 돌려보내게."

"알겠사옵니다."

나의 명령에 내가 타고 왔던 차가 운현궁으로 돌아갔다.

걸어가는 나의 뒤를 일본이 미국의 지프를 따라 만든 차량이 따라왔다. 그들은 내가 운현궁을 나서면서부터 따라온 사람들인데, 나의 경호 병력이자 감시 병력인 종로경찰서의 고등계 형사들이었다.

그들은 멀리서 나를 따라다니며 감시와 경호를 함께하고 있었는데, 그런 그들은 마치 없다는 듯 신경 쓰지 않으면서 걸어갔다.

양복점 거리를 벗어나자 종로의 저잣거리가 눈에 들어왔다. 일본산 전자 제품을 파는 전파사, 곡물들을 파는 싸전, 건물 앞에 천막을 치고 홀을 만들어서 국밥을 파는 국밥집, 과일과 야채 들을 쌓아 놓고 파는 야채상까지 종로 거리 자체가 하나의 시장 같은 느낌이 들게 했다.

조금 더 걸어가니 단성사가 눈에 들어왔는데, 26년 영화 아리랑을 개봉하여서 조선 민중에게 민족의식을 고취했던 그곳이었다. 그 앞에는 젊은 청춘 남녀가 악극을 보기 위해서 기다리는 줄이 눈에 들어왔다.

파고다공원을 지나가며 보니 그곳에는 많은 젊은이들이 앉아서 이야기하거나 학생들이 모여서 무언가를 토론하고 있었다. 또 나이 지긋한 어른들이 나무 그늘에 앉아서 장기를 두는 모습도 눈에 들어왔다.

파고다공원을 지나자 종로의 중심이라고 불리는 우미관이 눈에 들어왔다. 미래에서 어린 시절 보았던 드라마 '야인시대'의 주요 배경 중 하나였던 우미관. 건달들이 왔다 갔다 한다는 저곳에 들어가면 김두한을 만날 수 있을까 하는 생각을 하였지만 실행에 옮기지는 않았다.

내가 생각했던 우미관은 뭔가 건달들의 집합소가 아닌가 했는데, 실제로 본 우미관에는 코믹 영화의 간판이 걸려 있었다. 그리고 그 앞에는 교복을 입은 학생들과 젊은 남녀가 영화를 보려고 서 있었다.

조선호텔로 가는 대로 중앙을 오가는 전차와 가끔 지나가는 차들까지……. 막연한 느낌만 가지고 있던 일제강점기라는 암울한 느낌과는 다르게 그 안을 살아가는 사람들은 활기차고 바쁜 듯했다.

암울한 역사이고 세상이지만 그 안을 들여다보자 살아가는 사람이 있고 웃음이 있었다.

"구두 딱~. 구두 딱~. 빤짝빤짝 빛나게 한 켤레 오십 전 구두 딱~."

사람 구경 세상 구경을 하면서 가는데 초등학교 학생 정도로 보이는 아이가 자신의 덩치만 한 통을 들고서 소리치는 게 눈에 들어왔다.

내 구두는 항상 하인들이 닦아 주어서 더럽지는 않았으나, 그 아이와 이야기를 해 보고 싶어서 불러 세웠다.

"아이야, 한 켤레 얼마라고?"

"한 켤레 오십 전, 두 켤레 하면 구십 전이지라."

그 아이의 거친 말투에 하야카와가 나서려고 하였으나, 내가 저지했다.

"깨끗하게 닦아 주는 것이냐?"

아이의 말투가 재미있어서 말을 더 붙이기 위해 물었다.

"아~따, 그건 걱정하들랑 마쇼잉~. 나가 이 종로 바닥에서는 젤루 잘 딱으니께. 딱으실 꺼면 이짝으로 싸게싸게 앉으쇼잉."

내가 구두를 맡길 거라고 생각하였는지, 자신이 메고 다니던 가방을 건물 벽에다가 놓고는 의자 하나를 꺼내어서 나를 앉게 하였다.

자리에 앉아서 소년이 놓은 나무 위에 발을 올리자 천으로 구두를 닦기 시작했다. 벌써 길거리에 나와서 이런 일을 하고 있어야 하는 나이는 아닌 거 같았는데, 아이의 실력은 자신의 말대로 훌륭하였다.

"어린 나이인데 벌써 돈을 벌고 있구나."

"부모님은 없고, 밥 처먹고 살라면 뭐라도 해야 하니께 하는 거지라. 이래 봬도 돈도 잘 벌고 따르는 식구들도 많으니께 걱정은 하덜 마쇼잉."

구두닦이 소년은 나에게 자랑하듯이 웃으면서 이야기했다.

구두닦이 아이와 대화를 해 보니 어린 나이이지만 정신은 이미 어른이 된 거 같았다.

구두를 다 닦고 나서 돈을 내고 일어나려는데, 아이가 열심히 살면서도 밝은 말투와 구수한 사투리로 건네 오는 농담들이 재미가 있어 팁이라도 줄까 했다. 그런데 마침 사탕과 과자 등을 메고 다니는 상인이 눈에 보여서 불러서 나 먹을 사탕을 하나 사고 과자와 사탕 몇 개를 더 사서 그 아이에게 주었다.

한편으로는 아직은 엄마, 아빠 품에서 한창 어리광을 부릴 나이의 아이가 길거리로 내몰려서 돈을 벌어야 하는 현실이 안타까웠다.

독립한다고 해서 바로 우리나라가 잘사는 것은 아니다. 만약 전쟁까지 하게 되면 그런 아이들은 더욱 많이 생겨날 테고 역사가 반복될 것이다.

내 눈으로 민중의 삶을 보고 느끼니 내가 하는 일이 더욱 중요하게 다가왔다. 다시 한 번 신중을 기해야겠다는 다짐을 했다. 아까같이 멍청한 말실수로 인해서 일이 잘못될 빌미를 주지 않겠다고 다짐했다.

3장

조선경성철도호텔, 조선총독부와 서울역의 중간 지점으로, 양쪽으로 모두 접근성이 좋은 곳에다 일본이 세운 호텔이었다.

이 호텔을 세운 목적은 조선을 점령해 식민지로 만들고 나서, 조선을 방문하는 일본과 제 외국諸外國의 귀빈들이 지낼 호텔이 필요해서라고 했다.

표면적인 이유는 그것이나 이 위치에 지어진 다른 이유는 조선이 제국을 선포하고 하늘에 제사를 지내는 곳이었던 환구단圜丘壇을 가로막고 훼손하기 위한 목적이었다.

천자天子, 하늘의 아들을 자처하는 천황이 일본에 있으니 조선의 황제가 하늘의 아들을 자처하지 못하게 하려는 것이었다.

3층으로 이루어진 호텔이 눈에 들어오고 그 뒤로 가려지긴 하였으나 환구단의 전각이 보였다.

호텔은 3층이었으나 한 층의 층 높이가 높아서 6층 아파트와 맞먹는 크기인 거 같았다.

내가 걸어서 서자 호텔 앞에서 벨보이인지 경비인지는 알 수가 없는 직원이 경례를 해 왔다.

그런 그를 지나쳐서 안으로 들어가 로비의 프런트 데스크 front desk로 갔다.

"무엇을 도와 드릴까요?"

프런트 데스크에 있던 직원은 나를 알아보지 못한 것인지 자연스러운 영업 미소를 지으며 일본어로 물어 왔다.

고급 호텔이어서 일본어를 쓰는 것도 있었지만, 내선일체 이후로 공식적인 언어는 일본어여서 관공서에 가도 대부분 일본어를 사용했다. 나이가 많거나 하여서 일본어를 못 쓰는 극히 일부의 경우에만 한국어를 사용하고 있었다.

물론 나같이 그냥 한국어로 모두 대응하는 일부 사람도 있었다.

"이왕 전하에게 조카가 도착했음을 알려 주게."

"네, 알겠습니다. 잠시만 기다려 주세요."

내가 한국어로 말하자 그 직원의 응대는 한국어로 바뀌었다. 무언가 내부 지침이 있는 것 같은 기계적인 반응이었다.

운현궁의
주인

직원은 방으로 전화해 조카라는 사람이 도착했음을 알렸다.

"금방 내려오신다며 호텔 라운지에서 기다리라고 하시네요. 다른 말씀을 전해 드릴까요?"

전화를 끊고 다시 물어 오는 직원에게 고개를 저어서 뜻을 전하고는 호텔의 라운지로 갔다.

호텔 라운지는 전체적인 가구들이 옛날 느낌이—이 당시로는 최신식이지만— 나서 그렇지 실내장식은 정말 고급스럽게 잘되어 있었다. 미래의 호텔과 비교해도 정통적인 호텔의 고풍스러움은 전혀 밀리지 않는 거 같았다. 물론 미래 콘셉트로 미래 지향적인 디자인을 한 곳과는 비교라는 게 무의미했지만 말이다.

라운지로 들어가서 자리에 앉으니, 직원이 메뉴판을 가지고 왔다.

메뉴에서 눈에 띄는 게 있었는데, 바로 커피였다.

원두커피가 있었다. 이 시대에 벌써 원두커피가 있다는 게 신기하다고 생각하다가 생각을 고쳤다. 잊고 있었는데, 이 나라가 낳은 비운의 천재, 스물여섯 살에 요절을 한 이상이 카페를 운영하다가 망한 이야기가 기억났다.

그것을 보면 대중화는 되지 않았으나 상류층과 일부 문학인들은 즐겼던 것 같았다.

"어느 것으로 드릴까요?"

내가 손을 들자 직원이 다가와서 물었다.

"커피로 부탁하네."

"알겠습니다."

이 직원 역시 나를 알아보지는 못했으나 나의 근처에 서 있는 하야카와와 조금 더 떨어져서 나를 살피는 사람들(경호 경찰)을 보고는 높은 사람이라고 생각한 것 같았다.

물론 이 호텔 자체가 조선에서 가장 힘 있는 사람들만 드나드는 곳이라 심하게 격식을 차리거나 하지는 않았지만 예의 있는 태도로 주문을 받아 갔다.

직원이 가지고 온 커피는 미래에서 먹었던 커피보다 쓴맛이 강했다. 이 맛은 대학교 시절 시험 기간 중에서 밤을 새우며 카페인 섭취를 위한 약처럼 마셨던 학교 앞 오백 원짜리 싸구려 커피와 비슷한 느낌이었다.

"하야카와, 혹시 '이상'이라는 필명을 쓰는 조선인 작가를 아는가?"

하야카와는 말수는 적었으나 평소 책을 보는 것을 좋아해서 혹시 알까 하고 물었다.

그가 죽은 연도가 기억이 나지는 않았지만, 그가 살아 있다면 만나서 욕을 한번 해 주고 싶었다. 당신이 쓴 소설 '날개' 때문에 수능에서 얼마나 고생을 했는지, 또 '건축무한육면각체' 때문에 대학에서 리포트를 쓰면서 얼마나 욕을 했는지······.

그 욕을 본인에게 해 주면 좋겠다는, 어이없는 생각을 하면서 물었다. 물론 마음 한구석에는 천재에 대한 존경심과 실제로 만나 보고 싶은 마음이 있었다.

"'날개'를 쓴 작가를 말씀하시는 것이라면 알고 있습니다. 제가 보았던 소설 중에서 가장 도입부가 강렬해 기억합니다. 아마……. '박제가 되어 버린 천재를 아시오?' 이거였던 것으로 기억합니다."

하야카와는 생각 외로 이상에 대해서 자세히 알고 있었다.

"그래, 그거야. 내가 얼마 전에 읽었는데 책이 아주 재미가 있었어. 그를 한번 만나 보고 싶은데, 혹시 그의 소재에 대해서 알 수 있는가?"

"글이 기괴하면서도 신기하기까지 한 작품이라 그 작가를 꼭 한번 만나 보고 싶어서 제가 좀 알아봤었는데, 그는 폐병으로 죽었다고 합니다. 그 말을 들었을 때 벌써 1년 전이라고 했으니까, 지금은 3년 정도 흘렀습니다."

"그런가? 아쉽군……."

하야카와의 답변에 힘이 조금 빠졌다. 하지만 또 다른 생각이 머리를 스치고 지나갔다. 이상은 죽어서 만날 수 없지만, 이상 덕분에 다른 인물이 기억이 났다. 윤동주 그리고 장준하였다.

"숙부님, 안녕하셨습니까?"

머릿속으로 그들을 생각하고 있을 때 라운지로 들어서는

이은이 눈에 들어와 자리에서 일어나 인사를 했다.

"일찍 왔구나."

"오랜만에 경성 시내도 볼 겸 해서 조금 일찍 걸어서 출발하였는데, 생각보다 일찍 도착하게 되었습니다. 숙부님의 시간을 방해한 것은 아닌지요?"

"아니다. 나도 혼자서 경성에 온 것이라 방에서 책을 읽고 있었으니 괜찮다. 아직 밥을 먹기는 이른 시간이고, 덕수궁에라도 잠시 다녀오겠느냐?"

이은은 안주머니에서 꺼낸 회중시계를 보더니 이야기했다. 확실히 아직 저녁을 먹기에는 이른 시간이긴 했다.

"산책 삼아 잠시 다녀오는 것도 좋을 것 같습니다."

"그렇게 하도록 하자."

조선호텔과 덕수궁은 차와 전차가 다니는 대로를 사이에 두고 마주 보고 있었다.

호텔에서 나와 길을 건너 대한문으로 들어갔다.

덕수궁은 대한제국의 황궁 중 한 곳으로 광무제가 승하하시기 전까지 기거하였던 곳인데, 광무제가 승하하신 후 비어 있던 황궁을 조선총독부가 공원으로 만들었다.

궁궐을 공원화하여서 일반에 공개하고 전각들은 개보수하여서 창경궁에 설립되어 있던 이왕가미술관李王家美術館을 이전해 왔다.

물론 그들이 조선의 미술품들만 전시하여서 조선의 미술

을 보여 준 것은 아니고, 일본 근대 미술품과 조선 고미술품을 연계하였다. 조선의 고미술과 일본의 근대 미술품을 나란히 진열하여서 역사적으로 이런 식으로 바뀌었다고 알리기 위한 것이었다.

그런 식으로 하여 자신들의 조선 강제 침탈을 정당화하려는 도구로 삼은 것이다.

궁 안에는 부유한 조선인들과 외국인들이 많이 있었다. 종로 같은 복잡함은 아니었다. 한가한 사람들이 오가면서 서로의 부유함을 자랑하는 듯한 느낌이 강했다.

"숙부님, 무슨 일이 있으십니까?"

미술관으로 다가가자 중앙의 분수대가 눈에 들어왔다. 그 분수대를 바라보는 이은의 표정이 안 좋았는데 아무런 말을 하지 않아 내가 먼저 물어보았다.

"저기 분수의 물개 조각이 보이느냐?"

이은은 석조전의 앞뜰에 있는 분수의 중앙에 설치된 물개를 손으로 가리키면서 말했다.

"네."

"원래는 대한제국 왕실의 권위와 아바마마의 장수를 기원하기 위해서 거북이 조각이 있었는데, 그것을 없애고 그 자리에 물개 조각을 설치하였구나."

회한悔恨이 담겨 있는 눈빛으로 말했다.

내가 뭐라고 대꾸를 할 수가 없었다. 이우 공의 기억 속

이은은 유약한 성격이라 강력한 일본에 무릎을 꿇은 인물이었다. 내가 여기서 독립이니, 황실의 정기를 바로 세운다느니 해 봐야 좋은 소리는 듣지 못할 것 같아서 조용히 따라다녔다.

"내 것은 아니더라도 우리 민족의 물건들이야 이런 식으로라도 보존을 해야겠지."

이왕가미술관에 전시되어 있는 미술품 중에는 이은이 소유권을 가지고 있는 것도 상당수 되었다. 3~4년 전부터 조선의 문화재에 대해 생각이 미쳐서 되는대로 구매하였다. 게다가 조선왕조 때부터 왕실이 소유권을 가지고 있던 문화재들도 상당수였는데, 그중 일부가 여기서 일반에 공개되어 있었다.

꽃무늬

짧은 산책을 마치고 호텔에서 같이 저녁을 먹은 이후 총독부에서 이은을 위해서 제공해 준 차를 타고 종로 2정목에 위치한 화신백화점으로 이동했다.

지상 6층, 지하 1층의 초대형 건물로, 조선총독부보다도 높은 건물이었다.

건물 안으로 들어서자 백화점의 중앙에 에스컬레이터가 있고, 매장들이 들어서 있었다. 현대의 백화점과 비교하여도

손색이 없을 정도로 화려하고 잘되어 있었다.

원래의 이우와 이은은 자주 왔던 곳이어서 나도 별다른 티를 내지 않고 이은을 따라 엘리베이터를 타고 최상층으로 올라갔다.

최상층에 들어서자 일본의 전통 복장을 입은 사람들과 양복과 드레스를 입고 있는 사람들이 모여 있었다.

원래 화신백화점이 상류층을 상대로 장사하는 곳이기는 하였으나, 평소에는 이 정도로 차려입고 오는 곳은 아니었다. 한데 지금 화신백화점 최상층 홀에 모여 있는 사람들은 완전히 차려입고 홀을 오가면서 사교 활동을 하고 있었다.

"조선에서 돈 좀 쓴다는 사람은 다 모인 것 같습니다."

"이들에게는 3개월에 한 번씩 열리는 즐거운 축제니까."

"알고 있지만 씁쓸한 것은 어쩔 수가 없는 거 같습니다."

나의 말에 이은은 말없이 웃었다.

웃음의 뜻은 말하지 않아도 알았다. 이우가 일본인을 싫어하고 조선의 독립을 주창할 때마다 이야기하였던 '너는 아직 어려서 그런 것이다.'라는 말을 하는 것 같았다.

그가 조선을 위해서 문화재를 보존하는 것은 좋은 일이지만 다른 잘못 때문에 선행들이 빛이 바랬다. 왕족으로서 조선의 독립과 조선의 대중을 위한 일을 강력하게 하지 않기 때문이다.

망국의 왕족이 무엇을 할 수 있었겠느냐마는 손을 놓는 것은 절대 안 되는 일인데 그는 손을 놓았다.

그가 이렇게 문화재를 보호하려고 노력하는 것은 좋았으나 그 좋은 것이 나쁜 것을 없애 주지는 않았다. 물론 그렇다고 나쁜 것 때문에 이런 좋은 일들까지 비난하는 건 아니었다.

이은이 경매장에 들어서자 그 안에 있던 많은 사람이 와서 인사를 했다. 일본의 볼모이기는 하나 형식상으로 조선에서 가장 높은 인물이었고, 이은을 이용하고 싶은 사람들이 많아서인지 많은 사람이 그에게 와서 인사를 했다.

그런 이은을 두고 나는 조금 뒤로 물러나서 한쪽 구석으로 갔다.

복잡한 가운데 내가 굳이 서 있고 싶지 않았고, 이은이 집중을 받은 덕분에 조용히 묻어갈 수 있었다. 난 그저 안 보이는 곳에서 편안히 경매를 관람할 준비를 했다.

나 혼자 이은의 대리인으로 온 것이라면 경매에 참가해야겠지만, 오늘은 이은이 직접 왔고 나는 수행인 격으로 온 것이어서 뒤로 물러나 있었다.

그러다 경매가 시작되는 것인지 사람들이 자리에 앉기 시작했다. 이은 역시 두리번거리다 나를 찾았는지 손짓을 해 그의 옆으로 가서 앉았다.

"어디에 갔었던 것이냐?"

"주위에 사람이 많아져서 잠시 물러나 있었습니다."

"여전히 사람이 많은 것을 싫어하는구나."

"사람이 많은 것을 싫어한다기보다는 이런 부류의 사람들이 많은 곳을 좋아하지 않을 뿐입니다."

나름 왕공족이라고 가운데 의자들이 빼곡히 있는 곳이 아니라 다른 한쪽에 자리가 마련되어 있었다. 그래서 우리가 하는 대화를 다른 사람들은 듣지 못했다.

"여전하구나."

그 한마디에 많은 뜻이 담겨 있었다. '여전히 일본에 대해서, 또 친일파들에 대해서 반감을 품고 있구나.' 정도가 될 것이다. 그리고 그 뒷말은 안 봐도 뻔했다.

경매는 빠르게 진행이 되었다.

지금의 사람들이 관심이 있는 물품들은 중국에서 건너온 물건들이었다. 조선의 물품들은 이미 웬만한 것은 다 털어가서 국보급 물건은 잘 나오지 않았는데, 중국 물품들은 국보급 물건들도 쏟아져 나왔다.

중일전쟁 3년, 이제 전쟁이 고착화되었고 본격적으로 약탈이 시작되어서 그 약탈품들이 쏟아지기 시작했다.

오吳, 송宋, 양梁의 수도였던 난징과 청淸나라의 수도였던 북경이 일본인의 손에 떨어지면서 엄청난 양의 약탈품들이 합법과 불법적인 모든 루트를 통해서 조선에 들어왔다. 그 중심에 있는 곳이 이 화신백화점의 경매장이었다.

"이 물품은 조선 사옹원司饔院의 분원分院인 광주요(경기도 광주)에서 15세기에 제작이 된 갑번甲燔입니다. 우수한 태토와 유약으로 최고의 실력을 갖춘 장이가 만들어 낸 조선백자입니다. 15세기 성종이 장인인 한명회韓明澮에게 선물한 것으로, 역사적 가치는 물론 보존 상태도 좋습니다. 최초 가격 백 원부터 시작하겠습니다. 백 원."

초반에는 조선의 물품들이 올라왔다. 경매사는 마이크를 잡고 제품에 관해 설명하고 나서 경매를 진행하였다.

"이번 것은 힘들 것 같구나."

15세기에 만들어진 조선백자를 위해서 다른 사람 두 명과 마지막까지 경쟁하였으나 포기할 수밖에 없었다.

"어쩔 수 없습니다."

말 그대로였다. 만약 그들과 계속해서 돈으로 경쟁하면 결국 이 백자를 구매할 수 있을 것이다. 하지만 이은의 자산이 무한한 게 아니었다. 이 백자에다가 너무 많이 쓰게 되면 그만큼 다른 문화재를 보호할 때 써야 할 돈이 부족해지는 것이다.

"원칙대로 해야겠지."

작은 한숨을 쉬고는 이은이 말했다.

"그러하옵니다, 숙부님."

한정된 재산을 나눠서 쓰기 위해 이은은 몇 가지 원칙을 만들었다.

첫째, 되도록 많은 종류의 문화재를 보호할 것.

둘째, 경매를 이용해서 구매할 경우 적정 가격을 넘지 않을 것. 같은 문화재가 있을 수는 없지만 비슷한 문화재가 있다면 다른 소중한 문화재를 위해서 무리하여 구매하지는 않으려고 했다.

문화재 중 어떤 건 보관해야 하고 어떤 건 넘겨줘도 된다는 기준은 없었지만 한정된 돈을 이용해서 더욱 많은 것을 보호하기 위해서 불가피한 선택이었다.

일본인들이 조선에서 가장 좋아하는 것은 도자기였다. 그 도자기 몇 점과 서책, 족자 몇 개가 경매되고 나자 조선의 물건은 끝이 나고 중국의 물건들이 쏟아지기 시작했다.

"숙부님, 목차를 보았는데, 저것이 오늘의 조선에 관련된 마지막 경매품이었습니다."

"그런가? 그렇다면 더는 이곳에 있을 이유가 없네. 우야, 너는 어떻게 하겠느냐?"

"저 역시 숙부님을 따라왔을 뿐 중국의 물건에는 관심이 없습니다."

"그럼 가자꾸나."

먼저 일어나서 나가는 이은을 따라서 밖으로 나갔다.

경매장 밖으로 나오니 낙찰품의 대금을 지급하고 물건을 인수하는 곳이 있었다.

"어서 오십시오, 전하. 금일 구매하신 물품은 모두 족자 세 점과 도자기 다섯 점으로, 총금액은 114,320원입니다. 결제는 어떻게 하시겠습니까?"

이은이 그곳으로 다가가자 직원이 알아보고는 말을 해 왔다.

"그렇게나 나왔는가?"

이은도 생각보다 가격이 너무 높게 나왔는지 약간은 놀라면서 말했다.

"네, 그렇습니다, 전하."

"숙부님, 아까 다산茶山 선생님의 족자를 사신 게 조금 큰 것 같습니다."

다산 정약용丁若鏞이 직접 쓴 족자가 경매 물품으로 나왔었다. 다산이 쓴 족자 자체가 그리 많지 않아서 조금 무리를 하여서 낙찰가가 4만 원이 넘어갔다. 그러다 보니 전체적인 가격대가 너무 높이 나왔다.

"가지고 온 돈이 모자라는구나. 나머지 금액은 물건을 가지고 호텔로 오면 그때 지급해도 괜찮겠나?"

"괜찮습니다, 전하. 배달은 조선호텔로 해 드리면 되겠습니까?"

처음 가지고 온 돈이 모자란다고 해서 내가 가지고 있는 돈을 보탤까 했는데, 이어진 이은과 직원의 대화에 말을 하지는 않았다.

"그리해 주게."

직원은 이미 이은이 어디에서 묵고 있는지 알고 있어서

인지 약간은 무리일 수도 있는 요청을 승인했다. 물론 이은이 조선의 왕족이어서 가능했던 부분도 있을 것으로 생각되었다.

백화점에서 나오자 이은의 차량이 대기하고 있었다.

이은이 묵고 있는 호텔과 내가 있는 운현궁은 화신백화점에서는 정반대 방향이어서 그를 먼저 배웅했다.

"숙부님, 조심히 들어가십시오."

"그래, 모레 윤덕영 자작의 발인 때 보자꾸나."

이은이 자신의 차를 타고 가고 나자 바로 이어서 나의 차가 멈춰 섰다. 차가 뒤따라오기에 다른 사람이 내리는 것인가 했는데, 나의 차여서 놀라 하야카와를 보니 자신이 불렀다고 대답했다.

※

운현궁으로 돌아와 장준하와 윤동주를 찾기 위해서 여운형에게 편지를 썼다. 이런 부분을 가장 잘 알고 있을 것 같은 사람이 여운형이어서 그에게 부탁하기로 한 것이다.

처음에 제국익문사에 찾아보라 하려 했는데, 그들의 요원들이 만주국이나 일본에는 없었다. 또 그들의 주요 감시 대상은 친일파와 타국의 정치가, 요인 들이지 일반 대중이 아니어서 찾는 데에 힘이 들 것이다. 게다가 지금 제국익문사의 요원들은 철수를 준비하고 있어서 그들이 맡기에는 적합하지 않았다.

여운형에게 편지를 보내면서도 큰 기대를 하지는 않았다. 윤동주가 유명해지는 것은 사후에 발표되는 유작 덕으로 기억했기 때문이다. 그리고 장준하 역시 일제강점기 때는 그렇게 유명한 인물이 아닌 평범한 학생이었다. 일제의 패망이 가까워서야 광복군에 합류를 하는 것으로 기억했다.

여운형에게 보내는 편지에는 두 사람이 20대의 학생이고 일본에 유학을 갔는지 조선에서 수학하고 있는지는 확실하지 않다고 적었다.

또 가장 큰 힌트를 주었는데, 윤동주는 연희전문학교 출신이거나 재학생일 수도 있다고 적었다. 장준하에 대해서 특정할 수 있는 것은 이름과 20대의 학생이라는 것뿐이었는데, 윤동주가 연세대학교, 지금의 연희전문학교 출신이라는 것은 유명해서 기억하고 있었다.

다음 날 아침에 편지가 돌아왔는데, 내용은 나를 만나고 싶다는 것이었다.

여운형을 공식적으로 만나는 것은 안 되기에 다른 방법을 생각하는데, 한 가지 방법이 떠올랐다.

하야카와도 의심하지 않는 공간 그리고 그곳에 가야 하는 이유가 있어 남들을 속일 수 있는 장소. 그런 곳이 머릿속에 떠올랐다.

종로 1정목 5번지에 있는 성심양복점으로 오후 1시 전까지
오도록 하세요. 그곳으로 들어가 직원에게 성심을 찾아왔다고
하고, 나를 기다리도록 하세요.

성심聖心, 성스러운 마음, 바로 황제의 마음을 뜻하는 말이
었다. 제국익문사에서 쓰이는 암호 중의 하나인데, 성심을
찾아왔다는 것은 황제 폐하를 알현하기 위해서 왔다는 것과
같은 뜻이었다. 물론 지금의 제국익문사가 충성을 하는 것은
나였고 성심은 나를 뜻하는 말이 된다.

편지를 보내고 나서 제국익문사에도 나를 찾아오는 인물
을 후원으로 들이라는 글을 적어 보냈다.

준비를 마치고 점심을 먹은 후에 하야카와에게 이야기했
다.

"오늘은 어제 갔었던 성심양복점에 갈 테니 준비하게."

"전하, 양복점을 말씀하시는 것입니까?"

하야카와는 이상하다는 듯 물어 왔다.

"어제 그곳 직원의 이야기를 못 들었는가?"

"소인은 들은 것이 없사옵니다, 전하."

하야카와가 무슨 소리냐는 표정으로 물어 왔다.

"어제는 전체적인 치수만 체크한 것이었고 오늘은 임시로
최종본과 비슷하게 모양을 만든 것을 입어서 한 번 더 확인
한다고 하더군."

원래 성심양복점은 첫날 치수를 재고 그다음에 방문을 하여 대략 만들어진 옷으로 디자인과 몸의 형태 등을 확인 후 최종 옷을 만들어 내는 방식이었다.

물론 다른 사람들은 하루 만에 만들어지는 경우가 거의 없었지만, 테일러가 나를 배려해서 혹시 이곳을 사용할 일이 생긴다면 언제든 올 수 있게 그 옷을 오늘이라도 준비를 해 놓겠다고 하였다. 그런데 기회가 바로 와 일정을 잡기로 했다.

"총독부에서 인기가 있다고 하더니, 방식 역시 조금 다른 것 같습니다. 동경의 양복점들보다 훨씬 정교하게 만드는 것 같습니다, 전하."

다행히 하야카와는 별다른 의심 없이 넘어가 주었고, 양복점으로 출발할 수가 있었다.

성심양복점으로 들어가자 테일러는 어제와 똑같은 자세로 옷을 재단하고 있었다. 그러다 나를 발견하고는 후원으로 들어갈 수 있는 방으로 들어가서 통로를 열어 주면서 이야기했다.

"전하, 송구하게도 금일은 시간이 짧습니다. 밖의 사람들이 의심하지 않으려면 최대 10분 정도밖에 쓸 수 없습니다."

"알겠네."

주황색 전구가 어둠을 밝히고 있는 통로를 지나가자 어제와 같은 작은 마당이 나왔다. 그 마당에는 독리는 어디 갔는지 보이지 않고 여운형이 혼자서 나를 기다리고 있었다.

"서울에도 이러한 공간이 있군요, 전하."

여운형이 나를 보자마자 웃으면서 이야기했다. 아마도 동경의 유메와 비교하는 말 같았다.

"우리가 비밀이 많은 만큼 이런 곳도 많아야 하지 않겠습니까?"

"저는 이런 곳을 만들고 유지할 자신이 없습니다."

"선생은 내가 만들어 놓은 곳을 이용하기만 하면 됩니다. 오늘 왜 나를 만나자고 한 것입니까? 편지로 이야기하면 안 되는 것입니까?"

"실은 그 두 학생에 대해서 제가 여쭈고 싶은 게 있어서 그렇습니다."

"말해 보세요."

"전하께서는 어떠한 연유로 그 두 학생을 알고 계신 것이옵니까?"

여운형이 신기하다는 듯 물어 왔다.

"알고 있으면 안 되는 것입니까?"

"전혀 접점이 없는 두 사람을 알고 계셔서 여쭤 보았습니다."

여운형이 신기해하는 것도 무리는 아니었다. 윤동주나 장준하가 아직 독립운동가도 아니고 윤동주가 뛰어난 시인도 아니었다. 등단하기는 하였으나 그렇게 등단을 한 작가들이 넘쳐 나는데 그중에 딱 윤동주를 찍어서, 그것도 출신 학교까지 적어 가면서 찾는 게 신기한 것 같았다.

"그 두 사람을 알고 있는 것입니까?"

"그러하옵니다, 전하. 두 학생은 지금 동경에 있사옵니다."

"동경에?"

지금은 두 사람이 대학을 다니기 위해서 일본으로 건너간 이후인 것 같았다.

"그러하옵니다. 일전에 동경에서 전하께서 주신 일본 유학생들 지원금을 받은 많은 학생 중에서 장준하 군과 윤동주 군도 있었습니다. 장준하 군은 아직 일본으로 건너온 지 얼마 되지 않아서 대학교 시험을 준비 중인 학생인데, 집안이 가난하여서 밥을 먹을 돈까지 부족하다더군요. 그 사실을 유학생들을 통해서 알게 되어 만나 보니 눈빛과 공부에 대한 열의가 강해서 지원해 주었습니다. 그리고 윤동주 군은 전하의 말씀대로 연희전문학교에 다니다가 지금은 동경의 릿쿄立敎대학교에서 수학 중인 학생이옵니다. 그런데 두 학생을 어떻게 알고 계시는지 여쭤 봐도 되겠습니까?"

여운형의 말을 듣는데 내 얼굴에 미소가 지어졌다. 내가 준 돈의 일부가 윤동주와 장준하에게 지원되었다는 말에 기분이 좋아졌다.

"시간이 길지 않아 자세히는 말하기는 힘이 드나, 윤동주

학생을 알게 된 것은 그 학생이 조선에 있을 때 조선일보에서 발표한 '달을 쏘다'를 통해서였지요. 그리고 두 학생을 경성에서 잠시 만났던 적도 있고요. 물론 그는 내가 이우인지 몰랐을 테지만. 요즘 작품 활동도 하지 않아, 재능 있는 친구였는데 혹여 무슨 일을 당했는가 하여서 찾아본 것입니다."

내가 윤동주와 장준하를 찾기 위해 여운형에게 이야기를 하고 나서 '그들과 나의 접점에 대해서 질문하면 어떻게 해야 하나?' 하고 찾아보다가 1939년 조선일보 산문집에서 윤동주의 이름을 발견했다. 그걸 이용하기로 마음먹고 지어낸 이야기였다. 원래의 이우와 윤동주는 단 한 번도 만난 적이 없는 사이었다.

"그리된 것이군요. 저는 '전하께서 혹 나를 미행하였나?' 하고 의심을 하였습니다. 죄송합니다, 전하."

여운형은 정말로 미안한 표정을 지으면서 말했다.

"내가 몽양 선생을 왜 미행을 한다는 말입니까?"

"의심하여서 죄송합니다, 전하."

정황상으로는 여운형이 충분히 의심할 만한 상황이기는 하였다. 그러나 내 편인 그에게 의심스러운 일도 없는데 미행을 붙일 만큼 많은 인력을 가지고 있지 않았다. 물론 굳이 이런 이야기까지는 하지 않았다.

"괜찮아요. 오해에서 비롯된 것이 아닙니까. 그럼 두 학생은 지금 동경에 있는 것입니까?"

"그러하옵니다, 전하. 제가 동경으로 돌아가시면 두 학생을 만나 볼 수 있도록 연락을 해 놓겠습니다."

"그럼, 유메를 통해서 만날 수 있도록 주선해 주세요."

"알겠사옵니다, 전하."

"오늘은 더는 이야기하기 힘들 것 같군요, 먼저 가겠습니다."

짧은 이야기였으나 벌써 테일러가 시간이 다 되었음을 알리면서 양복점으로 들어가는 문 앞에서 나를 기다리고 있었다.

이곳에 온 목적은 달성하였다. 물론 그와 더 이야기를 하고 싶었으나 시간이 없어 바로 자리에서 일어났다.

✻

윤덕영의 발인은 조선총독부의 주관으로 이보다 더 화려할 수 없을 정도로 성대하게 진행이 되었다.

윤덕영의 영혼이 담겨 있다고 믿는, 향이 피워져 있는 작은 영여靈輿가 출상出喪 행렬의 가장 선두에 섰다. 화려하게 꾸며진 상여喪輿가 그 뒤를 따르고, 그다음 상주, 친척, 조문객 순으로 행렬을 따랐다.

국장까지는 아니더라도 총독부장으로 치르는 것이어서 행렬은 길게 이어졌다.

나와 이은, 이건 세 사람의 왕공족은 조문객 중에서 가장 선두에 서 있는 야스히토의 바로 뒤에서 따라갔다.

상여 행렬은 윤덕영의 상가喪家가 있는 북촌에서 출발하여 총독부 앞을 지나 별장이 있던 인왕동(현재 옥인동)의 벽수산장 앞에서 제를 한번 지내고, 다시 고인이 마지막으로 일했던 중추원이 있는 조선총독부 앞에서 다시 제를 지낸 후 육조 거리, 종로, 청계천을 지나 혼마치를 넘어서 장지葬地인 구리 로 향해서 갔다.

여운형의 말대로 벽수산장은 정말로 화려한 건물이었다. 중세 시대 서양의 성을 연상시키는 건물은 이곳에 와서 본 건물 중에서 가장 화려했다. 궁궐 중에서 서양식 건물 중 가 장 화려하게 지어진 석조전보다도 훨씬 화려했다.

새벽에 출발한 행렬은 저녁이 늦어서야 장지에 도착할 수 가 있었다.

장지에서는 입관하기 전에 원래 조선에는 없던 장례 절차 가 포함되었다. 고인의 관이 입관하면 유족과 조문객들이 일본의 왕실을 뜻하는 국화를 고인의 관 위에 올려 주는 것 으로, 하늘의 아들인 천황의 보살핌이 있기를 기원하는 행 위였다.

야스히토가 가장 먼저 꽃을 올리고 그 후 유족들이 올리고 나서 나의 차례도 왔다.

사람들은 장지 아래에 있고 한 명씩 올라와서 고인과 마지막 이별을 하는 시간이다 보니, 가까운 곳에는 사람이 없었다.

"자작, 내가 이 나라를 바로 세운다면 가장 먼저 할 일 중 하나가 당신의 집안을 박살 내고, 당신을 이 무덤 속에서 꺼내는 것이오. 그리 긴 시간은 아닐 터이니, 편안히 쉬고 있으시오."

가지고 올라온 국화꽃의 줄기를 반으로 부러뜨린 다음 그의 관 위로 던지고는 장지를 내려왔다.

모든 사람이 국화꽃을 올리고 나자 무덤 위로 흙을 덮고 마지막 제를 올렸다.

해는 이미 사라진 지 오래고 듬성듬성 놓인 모닥불과 총독부에서 설치한 듯한 전구들이 주변을 밝혔다.

친일파의 양대 거두 중 한 명인 윤덕영의 마지막은 먼저 간 이완용과 마찬가지로 화려하였으나, 조선의 대중이 명복을 빌어 주지는 않았다.

4장

전하, 각 지역에 있던 요원들 중에서 국내에 있던 요원 열세 명 중 저와 양복점의 사기 두 명을 제외한 열한 명이 평안도 신의주로 모여 기차를 이용해 중국 상해로 출발하였습니다. 상해에서 다른 요원들과 합류하여 중경으로 이동하기로 하였고, 블라디보스토크의 요원은 곽재우 장군이 이끄는 광무대로 합류하였습니다.

일본으로 돌아가는 배 안에서 독리가 보내온 종이를 읽고는 배의 객실에 있는 수세식 화장실에 찢어서 내려보냈다. 원래라면 태워서 없애는데, 객실에 불을 피울 수 있는 것이 없어서 임시방편으로 처리하였다.

배에서 내리자 자신의 집에 하루 묵고 가라는 이은의 말을 정중히 거절하고 동경으로 돌아왔다. 가족이 보고 싶기도 하였으나, 윤동주가 경찰에 언제 체포되는지 확신이 없어서 빨리 만나려는 것이다. 그가 죽은 것은 독립 직전으로 알고 있지만, 그 전에 체포되었기에 그를 살리고 싶어서였다.

"시월아, 유메에서 연락 온 것이 없더냐?"

"전하께서 동경을 비우신 동안은 기별이 오지 않았습니다."

동경 별저로 돌아와 가장 먼저 확인한 것은 유메에서의 연락이었다. 물론 안 왔을 거라고 예상은 하고 있었지만, 혹시나 했다.

그 후 유메에서 연락이 온 것은 일주일이 지나서였다.

"전하, 유메에서 기별이 왔습니다. 찬 바람이 불어 굴 맛이 좋으니 굴구이를 드시러 오시는 것이 어떻겠느냐는 전갈이옵니다."

하야카와가 들어와서 이야기하기에 다른 일인 줄 알았더니 유메에서 온 전갈이었다.

"그러한가? 찬주에게도 저녁은 유메에서 먹을 것이라고 전해 주게. 그리고 유메에도 저녁에 간다고 말을 전해 주고."

하야카와는 나의 말에 대답한 이후 서재를 벗어났다.

임신한 찬주의 배가 이제는 어느 정도 만삭에 가까워졌다.

병원에서 예측한 예정일은 1월이어서 이제 두 달이 남지 않은 상황이었다.

찬주가 가게 되면 청이도 따라나서는데, 그녀 혼자 청이를 돌보기는 힘들어 녀석을 돌볼 유모도 같이 가야 했다. 그러면 방에서 조용히 움직일 수 있는 상황이 만들어지지 않을 거 같아서 혼자 다녀오기로 했다.

유메에 도착하여서 방에서 준비되는 석화구이를 보면서 기다리자 나의 방으로 교복을 입은 학생 한 명과 평범한 남방에 면바지를 입은 사람 한 명이 들어왔다.

교복을 입은 학생은 긴장한 듯 불안한 눈동자로 나를 보면서 방으로 들어왔고, 평복을 입은 학생은 불안한 기색 하나 없이 당당하게 들어왔다.

내가 자리에서 일어나자 그 평복을 입은 학생이 조용하지만 힘 있는 목소리로 먼저 인사를 해 왔다.

"전하, 뵙게 되어서 영광입니다. 장준하라고 합니다."

장준하가 인사를 하고 나서도 윤동주가 아무런 말도 없이 가만히 있자, 장준하가 그의 옆구릴 툭 쳤다. 그에 놀라서 윤동주가 인사를 했다.

"……윤동주입니다."

두 사람의 첫인상은 이랬다. 장준하는 거칠 것 없는 20대 초반의 패기 있는 사람이고, 윤동주는 반대의 성격인 거 같았다. 실제로 키는 윤동주가 더 큰 것 같았는데, 고개를 숙이고 있어서 보기에는 장준하가 더 커 보였다.

"반갑네, 이우일세."

인사를 하고 나서 손을 건네서 악수를 청하자 두 사람은 보이는 정반대의 성격 그대로 악수를 받았다.

"일단 앉도록 하지."

장준하는 괜찮았으나 윤동주가 너무나도 주눅이 들어 있는 느낌이어서 제대로 이야기가 가능할까 의문이 들었다. 그래서 일단 식사를 하고 나서 이야기하는 게 좋을 거 같아 두 사람에게 말을 했다.

"낮부터 나를 기다렸으면 배가 고플 터이니 저녁부터 먹고 이야기하지."

"어찌 감히 전하와 겸상을 할 수 있겠습니까……?"

나의 제안에 윤동주가 놀라면서 대답했다.

"반상 제도가 폐지된 지가 언제인데 아직도 그런 말을 하는가? 상관없으니 맛있게 먹도록 하게, 이 집 음식이 아주 맛이 있으니 말이야."

윤동주는 조금 망설이는 것 같았으나, 장준하는 내가 수저를 들어서 음식을 먹으니 자신도 음식을 먹기 시작했다.

"술은 좀 하는가?"

이곳에 오고 나서 평소 나보다 나이가 열 살 이상씩 많은 사람과 계속해서 어울리다가 나의 원래 나이(회귀 전 나이)와 비슷한 또래의 친구들을 보니 술 생각이 나서 물어보았다.

"저나 동주나, 둘 다 술을 못 먹지는 않습니다."

장준하의 대답에 마담을 시켜서 청주를 가지고 와 한 잔씩 마시기 시작했다.

처음에는 조용히 술만 마시다가 몇 잔씩 들어가니, 윤동주도 술 때문에 긴장이 풀리는 게 눈에 보였다. 잔뜩 움츠러들어 있던 어깨가 벌어지고 숙이고 있던 고개가 조금 올라와 나와 눈을 마주치기도 했다.

"내가 왜 군들을 불렀는지 아는가?"

"잘 모르겠습니다."

두 사람은 마치 한 사람이 말을 하는 듯 같이 대답했다.

"난 자네들이 나와 함께하였으면 좋겠다 싶어 이리 부른 것이야."

"어떤 일을 말씀이십니까, 전하?"

장준하가 조심히 나에게 물어 왔다.

"두 사람에게 알려 주는 방법은 서로 다르겠지만, 결국에는 하나의 목표를 위해서 가는 것이야."

"경청하겠습니다."

"나는 이 더러운 세상을 뒤집어엎을 생각이네."

나의 한마디에 두 사람은 마치 번개라도 맞은 듯 놀란 표정으로 나를 바라봤다.

"왜, 이상한가?"

"전하에게 이런 말씀을 들을 줄은 몰랐습니다."

"더러운 나라라면 뒤집어엎어야지. 그리고 새로운 질서를 만들어야지 않겠나?"

뭐라도 반응을 보이기를 바랐으나 두 사람은 아무런 말 없이 가만히 있어서 내가 계속해서 말을 이어 갔다.

"내 사람이 되어서 함께하겠나?"

갈등이라는 것이 두 사람의 눈동자에 생겨났다가 사라지는 느낌이 들었다.

조용히 있던 두 사람 중에서 먼저 대답을 한 것은 장준하였다.

"누구를 죽이면 되는 것입니까?"

갑작스러운 장준하의 말에 놀랐다. 내가 그들에 의거하라고 지시할 것이라 생각한 거 같았다.

"누구를 죽일 수 있겠는가?"

장준하의 생각이 재미가 있어 그의 배포가 어느 정도일까 궁금해서 물어보았다.

"지원만 해 주신다면, 천황에게 폭탄을 던지고 자살을 하겠습니다. 이봉창 의사가 실패하였던 것을 제가 성공해 보이겠습니다."

비장한 표정으로 이야기하는 장준하는 내가 폭탄만 조달해 주면 정말로 시도하려고 하는 것 같았다.

그런 장준하 옆에서 윤동주는 이러지도 저러지도 못하고 있었다.

"독립을 위해서라면 분명 누군가의 피가 필요하겠지. 하지만 내가 준비하고 있는 독립에서 피 흘릴 때는 지금이 아니야. 자네의 그런 마음만은 높이 사도록 하지. 윤동주 군은 어떤가, 나의 사람이 되어 주겠는가?"

"혹, 전하께서는 1920년 10월 25일을 알고 계십니까?"

윤동주는 나의 질문에 오히려 질문으로 답했다.

"글쎄……. 나 역시 그때에는 어린 시절이라 잘 모르겠군."

장준하 역시 무슨 날인지 전혀 모르는 표정으로 윤동주를 바라봤다.

"제가 살고 있던 명동에서는 10월 25에 모든 집이 제사를 지내고 있습니다. 아마 경성에서 태어나신 전하와 의주 출신인 준하 같은 경우에는 모르실 겁니다. 하지만 고향인 명동뿐만 아니라 북간도 지역 대부분의 집들이 10월이 되면 제사를 지내옵니다."

윤동주는 자신의 앞에 있는 물컵을 들어서 조심히 한 잔 마시고 나서 말을 이어 갔다.

"1920년 6월과 8월에 홍범도 장군과 김좌진 장군이 이끄는 독립군이 일본군을 격파였습니다. 이것은 다들 알고 계실 거라고 생각합니다."

"봉오동전투와 청산리대첩이 아니냐?"

이것은 나도 알고 있는 일이었다. 정확한 날짜까지는 알지 못해도 그때가 조선의 독립군이 가장 활발하게 활동하던 시기라는 것과 두 개의 대승이 있었다는 것은 알고 있었다.

"그러하옵니다. 모든 조선인은 이 사실을 자랑스러워하고, 임시정부에서도 그런 정신을 이어야 한다고 이야기를 하옵니다. 하지만 그 후에 있었던 일에 대해서는 아무도 말을 하지 않습니다."

처음에는 그때 제사를 지낸다고 하기에 전투에서 죽은 사람들에 대해서 제를 지냈나 생각했는데, 두 전투에서 독립군은 거의 죽지 않은 것을 기억해 냈다. 그가 말을 하는 후에 있었던 일은 나 역시도 뭔지 잘 모르는 것이었다.

"선봉대로 올라오던 일본군은 격파하였으나, 그 후 일본군의 본대가 북으로 진군하자 독립군은 만주로, 상해로 후퇴하였습니다. 그 후 그곳을 점령한 일본군은 조선인 마을을 찾아다니면서 노인이고 젊은 사람이고 남자란 남자는 다 잡아서 학살하였습니다. 참변을 당한 사람들은 독립군과는 아무런 관련 없이 단지 먹고살기 위해서 간도로 왔던 이들이 대부분이었습니다. 이게 제가 독립운동을 하는 것을 망설이는 이유입니다. 저 혼자 죽는 것은 상관이 없으나 저의 가족들은 아직 북간도에서 살고 있지요. 저의 신념을 위해서 하는 행동 때문에 그들에게 피해가 갈까 망설이고 있습니다."

윤동주의 말에 나와 장준하는 아무런 말도 할 수가 없어 조용히 있었다. 그러다 내가 먼저 말을 했다.

"그들에게 피해가 가지 않는다면, 나의 말대로 하겠는가?"

"그렇습니다. 제 목숨 하나는 아무렇지도 않습니다."

첫인상으로 그가 소심하지 않을까 했던 내 생각은 산산조각이 났다. 그는 단지 자신 때문에 가족에게 피해가 갈까 봐서 망설이는 것일 뿐이었다.

"난 그대들에게 누구를 죽이라고도, 전쟁을 하라고도 하지 않을 것이라네. 단지 그대들에게 부탁하는 것은 단 한 가지뿐이네. 미국으로 가게. 미국으로 가서 공부를 해 주게. 내가 바라는 것은 젊은 그대들이 싸워서 전쟁을 이기는 것이 아니야. 미국으로 가 독립된 조국을 위해서 일할 인재가 되어 주게."

"독립된 조국이라고 말씀하셨습니까?"

지금의 윤동주에게는 미국이라는 말보다는 '독립된 조국' 이 한마디가 더욱 가슴에 와 닿았나 보다.

"그러네."

"그 말씀은 독립이 가능하다는 뜻인 것 같습니다."

장준하가 말했다.

"5년 안에 할 것이네. 조국이 독립을 하고 나면, 그 조국에는 자네들 같은 우수한 인재들이 필요하네."

"송구하옵니다만 전하의 말씀을 제가 어떻게 믿겠습니까……?"

내가 하는 말이 신빙성이 전혀 없어 보였는지 장준하가 나를 보면서 말했다.

"나의 말에 목숨도 걸려고 했으면서 왜 못 믿겠다는 것인가?"

"지금 저희가 가지고 있는 것은 아무것도 없습니다. 곳곳에 독립군과 의병이 있다고 하나, 일본 전체가 아니라 관동군 하나에만 비교해도 조족지혈鳥足之血일 뿐입니다. 그런데 전하께서는 5년 안에 독립할 것이라고 말씀하셔서 그렇습니다."

장준하는 말하는 것을 보니 이미 독립군과 독립운동에 대해서 어느 정도 정보를 모아 알고 있는 것 같았다.

"난 독립을 한다고 했지, 관동군과 싸우겠다고는 한 적이 없네."

나와 장준하의 대화에 윤동주는 띄엄띄엄 알아듣는 것인지 완벽히 이해한 얼굴은 아니었다. 장준하는 나의 말에 잠깐 조용히 있더니 다시 말을 꺼내었다.

"전하, 죄송하지만 이 제안은 거절하도록 하겠습니다."

갑작스러운 장준하의 대답에 당황한 것은 오히려 내가 되었다. 그런 당황스러움을 최대한 숨긴 채 아까와 같은 목소리로 물었다.

"왜 그러는가?"

"전하께서 생각하시는 독립 방법은 우리 조국에 도움이 되지 않는다고 생각합니다. 그것은 지배 국가가 일본에서 서양의 나라로 바뀌는 것일 뿐 독립이라고 할 수 없습니다."

이곳으로 오고 나서 원래의 이지훈과 다른 부분이 생겼는데, 사람과 대화를 할 때 신중해졌다는 것이다.

이 사람이 내 사람이라는 확신이 있어도 모든 것을 다 말하지는 못했다. 또 상대에게 질문해서 내가 이야기하지 않고도 같은 결과를 도출할 수 있으면 그것이 최고의 방법이라고 느꼈다.

비밀은 공유하는 사람이 적을수록 좋았고, 여러 가지 교집합들의 정점에는 나 혼자 있는 것이 좋다고 생각했다.

"나는 서구 열강들의 힘으로 독립하겠다고 하지는 않았네."

"서구 열강의 힘을 빌리지 않고 어떻게 일본을 물리치시겠다는 것인지 여쭈어 보아도 되겠습니까?"

장준하는 대화가 계속해서 겉돌고 있다고 생각한 것인지 핵심을 찌르는 질문을 해 왔다.

"그들의 힘을 이용하여야겠지. 물론 우리의 힘도 길러야 할 테고 말이야."

정답이었다. 그렇게만 하면 독립할 수 있는 걸 모든 조선인이 알고 있었다. 하지만 이 말은 '공부를 열심히 하면 1등할 수 있어.'와 똑같은 말밖에 되지 않는다는 것을 여기 앉아 있는 세 사람 다 알고 있었다.

"전하!"

장준하는 자신을 놀리고 있다고 생각하는 것인지 조금 큰 목소리로 나를 불렀다. 아마 장준하와 내가 친구였다면 그는 무슨 개소리를 하는 거냐며 나의 멱살을 잡았을 것 같은 기세였다.

"자네가 독립을 위해서 큰일을 하고 싶다는 것도, 또 자네의 능력이 뛰어나다는 것도 잘 알겠네. 하지만 말이야, 내가 자네에게 모든 방법을 이야기할 수는 없네. 자네를 못 믿어서가 아니라 만에 하나 발각되었을 경우에 윤동주 군의 말대로 자네들의 가족까지 위험해질 수 있기 때문이야."

"그렇다면 저희는 전하의 말만 믿고 미국으로 가야 하옵니까? 저희의 인생이 바뀌는 결정입니다. 전하, 전하에게 저희는 수많은 조선의 유학생 중 한 명일지는 모르나, 저희에게는 아닙니다."

아무래도 장준하는 무언가 확신을 할 수 있는 것을 원하는 것 같았다.

여운형이나 이시영같이 나이가 있어서 황족을 직접 겪어 왔던 세대라면 황족의 한마디가 얼마나 무섭고 무거운 것인지 가슴속으로 알고 있겠지만, 제국 시대를 살지 않았고 망국 후 한참 뒤에 태어난 이들 같은 경우에는 머리로는 이해를 하나 가슴으로 받아들이지는 못하는 것 같았다.

"길어야 5년이야. 대학교에 가서 공부를 한다고 생각하고 미국으로 가 주면 안 되겠나? 5년 후에도 우리가 독립하지 못한다면 그때는 자네들 뜻대로 하여도 좋네. 내가 미국을 이야기하는 이유는 이미 조선에는 총동원령이 떨어졌기 때문이네……."

"저도 그것을 피해서 일본으로 넘어왔습니다."

내가 말을 잠시 쉬자 장준하가 말을 했다.

"이런 식으로 전황이 흘러가면 후에는 일본의 조선 유학생들마저 전부 징집 대상이 될 것이고, 피할 수 없을 거네. 그러니 미국으로 가 5년만 공부를 하고, 해방된 조국에서 우리를 위한 역군이 되어 주게. 지금 조선의 젊은 지식인들은 모두 총을 들고 있네, 그것이 일본군이 되었든 독립군이 되었든 말이야. 이런 식으로 전쟁을 계속하게 되면 독립을 하였을 때 우리나라를 이끌어 갈 젊은 지식인이 없을 거야. 그러면 나이가 있는 지식인들의 정치 싸움밖에 되지 않아. 난 그들의 아집과 독선을 막고, 옳은 방향으로 이끌어 나갈 수 있는 사람들이 지금의 20~30대 젊은 지식인들이라고 생각하네. 그래서 자네 둘에게 부탁하는 것이야."

물론 윤동주와는 다르게 장준하는 자신의 뜻대로 살아도 혼란의 시대 속에서 살아남아 해방된 조국을 보고 그 조국을 위해서 일까지 하는 인물이었다.

그러나 나는 장준하가 군인으로서 일제강점기를 보내는 것보다 뛰어난 경제학자이자 언론인이 되었으면 좋겠다고 생각했다. 그랬다면 그가 '경제개발오개년계획'을 조금 더 일찍 수립하고, 경제 부흥을 위한 정책을 만들 수 있지 않았을까 하는 생각이었다.

나 역시 경제학과를 나온 학생으로 한국 경제사를 공부하였기에 그런 경제 정책들을 만들어 낼 수 있지만, 이런 일은 나보다는 이것을 전문적으로 공부한 학자들이 하는 것이 좋을 것이다. 또 그 학자가 나의 입김이 닿는 사람이라면 더할 나위 없을 것이어서 장준하를 선택했다.

물론 장준하는 내가 이야기를 한다고 해서 자신의 신념과 어긋나는 일을 할 사람이 아니었고, 나 역시 그에게 그의 신념과는 다른 일을 말하지도 않을 것이다.

"지금 당장 결정하기 힘들다면, 생각해 보고 연락을 주게."

두 사람과 대화를 하고 식사하는 동안 이미 꽤 시간이 흘러서 이제는 집으로 돌아가야 할 때가 다가와 있었다. 그래서 아무 말 없이 고민을 하는 그들에게 말했다.

"저는 전하의 말씀대로 가도록 하겠습니다."

의외로 결정은 윤동주가 빨리했고, 장준하는 아직도 고민하는 것 같았다. 지금까지 그의 성격으로 보면 자신의 유학이 문제라기보다는 나에 대한 신뢰의 문제로 고민하고 있을 거 같았다.

"그럼 준하 군은 더 고민을 해 보도록 하고……."

"저도 하겠습니다."

"좋군. 집으로 돌아가면 이것을 읽어 보도록 하게."

장준하의 대답을 듣고 나서 옷 안주머니에 있던 편지 두 장을 각자에게 건네었다.

✻✻✻

집으로 돌아오자 미국의 윤홍섭에게서 온 편지가 있었는데, 그의 놀란 표정이 글로도 보이는 것 같았다.

......이하 전하의 말씀대로 현재 프랑스는 양분되었습니다. 프랑스에서 탈출한 샤를 드 골과 접촉해 보내 주신 자금 중 일부와 미국에서의 걷은 애국 성금 일부를 자유 프랑스에서 발행한 국채를 매입하는 식으로 사용하였습니다. 샤를 드 골 역시 우리의 도움에 고마움을 표하였습니다. 그리고 전하의 친서를 받아 보고, 그 역시 대한제국의 독립을 지지하는 건 물론이고 전하를 지지한다고 하였습니다. 친서를 프랑스어로 작성하신 것이 주요했다고 사료되옵니다.

그리고 애국 성금 중 일부를 사용하는 것을 공식화하면 논란이 클 것으로 예상되어, 저를 비롯한 소수의 지도부만 알고 미국 한인 사회에는 비밀에 부쳤습니다.

어떻게 보면 자유 프랑스의 국채를 매입하는 것은 결과를 모르는 사람에겐 미친 짓이었다.

이미 독일에 항복을 하고 공식적으로 전쟁에 대해서 중립국을 선포한 비시 프랑스가 있기 때문에 지금의 상황에서 이름도 없는 장군이 지지를 호소하는 자유 프랑스의 국채는 언제 부도날지 모르는 수표와 같았다.

자유 프랑스와는 다르게 비시 프랑스의 정부는 제1차 세계대전의 영웅인 필리프 페탱이 이끌고 있어서 이름값 자체가 달랐다.

물론 시간이 지나면 이 부도수표가 금덩이로 바뀌겠지만, 결과를 알지 못하는 지금은 고위험군의 투자처일 뿐이었다.

아직 자유 프랑스가 제대로 수립된 것도 아니었다. 그저 수립 발표만 하고 이제 내실을 다져 가는 이 시기에 동양의 이름 없는 나라의 도움을 받았다. 그러니 그는 대한제국이라는 국가와 이우라는 인물에 대해서 호감을 느끼고 있을 것이다.

글을 써서 보낼 때 샤를 드 골의 호감을 얻기 위해서 일부러 프랑스어로 적었다. 프랑스인들이 자부심을 느끼는 프랑스혁명과 지금의 상황을 비교하면서, 그들이 좋아할 만한 민주주의 중심 프랑스라는 말을 넣었다.

만약 그들이 이미 승승장구하는 상황에서 그런 편지를 써서 보내었다면 오히려 역효과가 날 수도 있었겠지만, 지금은 그런 상황이 아니므로 더욱 기억에 남을 것이라 예상했다.

  또한 말씀하신 더글러스 맥아더Douglas MacArthur는 1937년에 군에서 예비역 대장으로 예편하고 워싱턴에서 육군의 군사 자문을 하고 있습니다. 말씀하신 것과는 다르게 그가 현역 군인이 아니어서 로비를 하여야 하는지에 대해서 국민회 내부에서 약간의 이견이 있기는 하나, 전하께서 말씀하셔서 예정대로 진행하고 있습니다. 그에게 대한제국의 긍정적인 인상을 심어 주고, 또 대한제국이 아직도 독립을 위해서 활발하게 활동하고 있다는 것을 주지시키기 위해 노력하고 있습니다.

  맥아더가 예편한 것은 조금 의외였다. 그는 분명 2차세계대전에서 미군의 태평양전쟁을 지휘하는 최고 사령관이었는데 예편했다는 말에 처음에는 내가 한 행동들 때문에 큰 역사가 바뀐 것인가 고민을 했다.

  그러다 1937년이라는 글을 보고 나서야 나와는 상관없는 일이라는 것을 알게 되었다.

  세상이 나를 중심으로 돌고 있다 생각하는 것 자체가 웃긴 건데 이 세계를 오고 나서 그런 생각을 자주 하는 상황이어서 마냥 웃을 수만은 없었다. 나의 행동들이 역사를 어떻게 바꿀지 알 수가 없는 상황이어서 더욱 그랬다.

  맥아더에게 편지를 보내고 로비하는 이유가 있다. 맥아더와 하지가 이끌었던 미군이 조선에 주둔하고 나서 독립군들과 조선인들을 믿지 않고 일본에 부역했던 조선인과 일본인을 믿었던 것은 조선에 대한 무지 때문이라고 판단했기 때문이다.

이곳에 오고서 과거의 역사를 정리하고 내 나름대로 결론을 내린 것 중에 하나가 왜 미군에 조선의 광복군이 배척을 당했느냐이다.

태평양전쟁 말에는 임시정부와 미국의 OSS 그리고 캘리포니아의 군이 직접 소통을 하고 전쟁 준비를 같이하였는데, 독립 직후 조선을 점령한 미군은 임시정부와 광복군 그리고 조선의 독립운동가들을 배척했다.

이러한 부분들을 나는 일본이 항복을 하고 나서 조선총독부를 조선인이 접수를 한 게 아니고, 기존의 관리들이 미국과 소통을 했기 때문이라 판단했다.

살길을 만들려면 조선으로 들어오는 미군을 자신의 편으로 만들어야 한다고 판단했을 것이다.

현재 조선에서 자신들의 안전을 보장해 주고 있는 건국위원회에 협조하는 척하면서 미군에 건국위원회 자체를 믿을 수 없는 집단으로 만든 것이다. 결국 미군이 조선에 들어왔을 때 그들이 믿을 사람은 자신들뿐이라고 판단하게 만든 것 같았다. 그런 것이 아니고서는 아무리 과거의 기억을 들춰 보아도 미군이 조선에서 광복군을 배척할 이유가 보이지 않았다.

공산주의자들을 배척하는 것이라면 괜찮겠으나, 공산주의자가 아닌 광복군까지 배척한 데에는 다른 이유가 있을 것이다. 그 이유를 나는 조선에 대한 무지로 판단했다.

그래서 후에 동아시아에서 미군의 최고 정점에 설 인물에 대한 공작을 일본보다 5년 먼저 실행을 하고 있었다.

최후의 목표는 맥아더와 직접 소통을 하는 것이었고, 그것이 되지 않아도 최소한 미군 사령부의 사람들에게 우리의 이야기를 전하는 길을 만들어 놓으려고 했다.

서재에 혼자 앉아 있으니 얼마 전 미국으로 떠난 윤동주와 장준하가 떠올랐다.

윤동주는 원래 영문과이고 그곳에서도 문학을 배우려고 해서 큰 문제가 되지 않았는데, 장준하는 조금 당황한 표정으로 나를 찾아왔었다.

"전하, 저는 목사가 되려고 하는 사람이옵니다. 어찌하여 경제학과 언론학을 배우라고 하시는 것입니까?"

"내가 보기에는 그대는 목회자의 길보다는 언론인의 길이 더 잘 어울리는구먼. 아니면 정치나 경제학자도 좋고 말이야. 나라의 기간이 되어야 하지 않겠나?"

"실용 학문을 배워야 한다면, 어찌하여 동주는 문학을 배우는 것입니까?"

"자네는 총칼보다 펜이 무섭다는 말을 못 들어 보았는가? 난 그에게 가장 무서운 무기를 갈고닦으라고 이야기한 것뿐이네."

"그렇다면 저도 문학을 배우겠습니다."

"자네가 동주 군만큼 글을 쓸 수 있을 거라고 생각하고 그런 말을 하는 건가? 그냥 언론학과 경제학을 배우도록 하게, 그게 가장 좋은 방법이야. 독립된 조국에서 언론인으로서 활발히 활동해 주면 더욱 좋고 말이야."

"제가 독립된 조국에서 언론인이 된다면, 절대 왕실에 좋은 말은 쓰지 않겠습니다."

장준하가 이를 갈면서 이야기했지만 그의 본심이 아닌 걸 알았다. 단지 자신이 배우고 싶은 철학과 신학을 전공하지 못하게 하니 나에게 떼를 쓰는 걸로만 보였다.

서재에 혼자 앉아서 밖에 들려오는 청소 소리를 듣고 있으니, 나에게 떼를 쓰던 장준하의 표정과 말, 몸짓이 떠올라서 입에 빙그레 웃음이 걸렸다.

나의 입에 미소가 걸리고 얼마 되지 않아서 하야카와가 서재의 문을 열고 들어왔다.

"전하, 도와주지 않으셔도 좋습니다만, 방해는 하시면 안 됩니다!"

아침부터 새해맞이 대청소[おおそうじ]를 해야 한다면서 12

월의 마지막 하루를 시끄럽게 만드는 하야카와의 잔소리가
나의 귀에 들렸다.

"그러니까 올해부터는 하지 말자고 했잖아. 하겠다고 우
긴 건 하야카와 자네고."

"어느 집안에서 오오지소지와 오세치료리를 안 한다고 하
시는 겁니까? 이건 전통이자, 새해를 맞기 위해서 꼭 해야
하는 겁니다."

"그러니까 나는 안 할 테니 꼭 해야 하는 자네나 하라니
까. 나만 쓰는 공간인 서재는 놔두고 말이야."

하야카와가 아침부터 나서서 온 집안의 하인들과 함께 청
소하였고, 나는 안 한다고 서재에서 버티는 중이었다.

평소에도 서재는 나의 개인 공간이었다. 그래서 내가 있을
때 시월이가 들어와서 가볍게 청소를 하는 것을 제외하고는
청소를 하는 경우가 드문 곳이었는데, 이번에는 하야카와가
작정을 한 듯 말했다.

"전하, 이곳을 오늘이라도 해야지 안 그러면 또 내년까지
제대로 된 청소 한번 없이 지낼 것 아닙니까."

"내가 생활하기에 괜찮다는데 왜 자꾸 그러는가? 오오지
소지인지 뭔지는 다른 곳만 하게."

"전하, 오오지소지는 조상신들을 집으로 모시기 위해서
하는 대청소입니다. 중요한 일이오니 오늘만은 청소할 수 있
게 허락해 주십시오."

하야카와는 달래다가 화를 내다 소리도 질렀다가 이제는 다 포기한 듯 부탁을 해 왔다.

사실 이미 시간을 벌어서 정리해야 할 것은 마친 상태였지만, 평소에 거의 감정을 나에게 내비치지지 않는 하야카와가 이렇게 흥분할 정도라는 게 웃기고 신기해서 반응했을 뿐이었다.

"마음대로 하게나."

하야카와가 부탁을 해 오는 걸 보니 재미있는 반응은 끝이 난 거 같아서 허락했다.

이미 아침에 침실을 대청소하고 나서, 서재에 있던 비밀문서들과 중요 물품들은 가방에 담아 침실의 비밀 공간으로 옮겨 놓은 상태였다.

"에휴…… 이런 걸 뭐하러 하는 것인지. 평소에 깨끗하게 지냈는데 여기 오시는 조상신들은 먼지 한 톨도 끔찍하게 싫어하시는가 보네. 신이 그래서야 더러운 곳에서 사는 불쌍한 사람들을 도와줄 수 있겠나? 여기도 열심히 청소하시게나."

서재를 나가면서 나와 말도 안 되는 말싸움을 하느라 축 처진 하야카와의 어깨를 두드려 줬다.

"아부지, 혹부리 영감 같아!"

서재를 나가면서 서재 앞에서 찬주의 손을 잡고 보고 있던 청이를 안아 올리자마자 녀석이 나에게 말했다.

"우리 아드님은 혹부리 영감이 무슨 뜻인지 알고 이야기하는 거야?"

"응! 오니鬼한테 잡혀가서 심술을 부린 죄로 볼에다가 혹을 달고 사는 사람이야! 맨날 심술부리고 사람들 괴롭혀! 아버지가 타카오 아저씨 괴롭히는 거랑 똑같아!"

애들이 보는 동화 같은 것인지 내용은 이해가 되지 않았다. 내가 알고 있는 혹부리 영감은 노래하는 가수였는데, 아마도 청이가 알고 있는 것은 일본의 설화와 한국의 설화가 합쳐져서 새로이 만들어진 이야기인 모양이다.

"하하……. 아니야, 타카오 아저씨랑은 친해서 재미로 그러는 거야, 알았지? 그러니까 아버지는 혹부리 영감이 아니야."

아이들의 말도 안 되는 소리에 해명을 하고 있는 나 자신이 잠시 한심해지기는 했으나 웃으면서 넘어갔다.

"여기, 손잡아 줄게."

청이를 안고 있는 손 말고 다른 손을 계단을 내려가려고 하는 찬주에게 내밀었다.

"고마워요."

찬주는 어느덧 예정일이 가까워져서인지, 가진통도 가끔 와서 많이 힘들어하고 있었다.

병원에 입원하거나 침실에서 쉬라고 해도 극구 사양하고 청이와 함께 산책도 하고 책도 읽어 주면서 방학을 맞이하여 쉬고 있는 녀석을 보살폈다.

1층의 소연회장으로 내려가자 가운데에 놓여 있는 카카미 모찌鏡餅가 눈에 들어왔다.

　　금색으로 장식된 작은 탁자 위에 눈사람과 비슷하게 생긴, 하얗고 매끄러운 떡이 금색 실과 부채 등으로 장식되어 있었다. 일본인들은 이곳에 조상신들이 와서 쉬다 간다고 믿는다고 했다.

　　그리고 한쪽 구석에는 앉아서 청소가 끝이 나기를 기다리고 있는 사람이 있었다.

　　"선생은 지내기에 불편한 것이 없소?"

　　지금 집 안에는 찬주의 진료를 보는 의사가 나와 있었다. 그녀는 궁내성 소속으로 평소에는 황실병원에서 근무하다 일본 황족과 조선의 왕공족의 산달이 다가오면 그들의 집으로 가서 준비하는 의사였다.

　　"아닙니다, 전하. 매우 편하게 지내고 있사옵니다."

　　여의사는 내 말에 그제야 나를 발견하고는 자리에서 일어나서 대답했다.

　　하필이면 예정일이 1월 초여서 자신의 집을 놔두고 우리 집에서 새해를 맞이해야 하는 애꿎은 상태다. 그래서 나름대로 열심히 신경을 써 주고 있었다.

　　우리 집만 이렇게 바쁘게 준비하는 것은 아니었다. 일본 전역에서 비슷하게 진행되고 있었다.

　　소연회장에 놓여 있는 라디오에서 일본방송협회日本放送協

會(현現 NHK)에서 송출하는 방송이 들려왔다.

　-새해 제야의 종 행사가 진행되는 죠죠 신사(增上寺)에는 이미 입추의 여지가 없이 많은 인파가 모여들었습니다. 죠죠 신사의 제야의 종소리를 들을 수 있으며, 메이지 신궁과도 가까운 시부야 역시 많은 인파가 모여서 다가오는 새해를 맞이하기 위해 준비하고 있습니다. 시부야 역은 새벽부터 차량을 통제하고 경찰들이 출동하여서 몰려든 인파에 혹시라도 있을지 모르는 사고를 대비하고 있습니다. 메이지 신궁과 가까운 요요기 연병장 역시 깨끗하게 제설이 되어서 내일 있을 열병식을 준비하고 있습니다.

　청소가 끝난 이후 저녁을 먹고 나니 벌써 1940년이 채 몇 시간도 남지 않았다. 온 집안이 새해를 준비하느라고 들뜨고 분주했던 것이 어느샌가 조용해졌고, 앞으로 3일간 먹을 오세치 요리를 준비하던 주방도 일이 끝났는지 더는 아무런 소리도 들려오지 않았다.

　12시가 다가오자 집에서 나의 품에 안겨 잠이 들어 있는 청이를 제외한 모든 사람이 웃는 얼굴로 서로를 축복했다.

　우리 집에서 일하는 일본인 식모들과 집안을 관리하는 궁내성 직원들 역시 전부 집의 소연회장에 모여서 창문을 열고 종소리가 들려오기를 기다렸다.

　잠시 기다리니 작은 소리가 들려오기 시작했다.

　"明けましておめでとうございます."

　"새해 복 많이 받으세요."

종소리가 들리기 시작하자 새해 인사를 전부 다 같이 했다.

"청아, 제야의 종소리 들린다."

청이는 오늘은 꼭 제야의 종소리를 듣겠다고 잠들지 않고 버티다가 잠이 들어서인지, 내가 귓가에 말을 하면서 깨워 보아도 전혀 미동이 없이 가만히 있었다.

"그럼 저희는 신사에 다녀오도록 하겠습니다."

하야카와는 나에게 와서 인사하면서 말을 했다. 원래라면 나와 찬주도 나서야겠지만, 지금은 찬주가 만삭이라는 핑계로 가지 않기로 했다. 대신 하야카와가 집안의 사람들을 모두 인솔해서 나갔다.

"저는 남아 있겠습니다. 혹시 무슨 일이 생기기라도 하면⋯⋯."

여의사는 찬주의 상태가 신경이 쓰이는 것인지 다들 옷을 입고 나서는 와중에 나에게 와서 말했다.

"여기서 신사까지 멀지 않으니, 그사이에는 괜찮을 거요. 그러니 다녀오시오."

"그래도⋯⋯."

"괜찮으니 다녀오세요."

잠시 망설이는 것 같더니, 찬주까지 이야기하자 결국 수긍을 하고 옷을 챙겨 입고 나갔다.

집안의 일하는 사람들까지 모두 나가자 나와 찬주는 침실로 올라왔다.

내 품에 안겨 있던 청이를 자신의 방에 눕히고 오자 찬주
는 침대 머리에 등을 기대고 앉아 있었다. 방으로 들어가서
찬주의 옆에 앉아 그녀의 손을 조용히 잡았다.

그렇게 몇 분 동안 말이 없다가 찬주가 먼저 입을 열었다.

"오라버니, 올해부터 갑자기 저에게 친절해지신 거 아세
요?"

"그래?"

"저에게 살갑게 대해 주시고, 저에 대해서 사소한 것도 챙
겨 주시니 너무 고마워요."

원래의 이우 공과 마음은 다르지 않았는데, 표현을 하는
방식이 조금은 달랐던 것 같았다. 이우 공은 전형적인 옛날
사람이었고 난 대한민국을 살아가던 평범한 남자였다. 과
거의 사람들보다는 애정 표현도 많이 했고 스킨십도 자주
했다.

"그래서 싫어?"

"아니요~. 너무 좋아요……. 너무 좋아서 꿈만 같아요. 이
게 꿈이면 깨지 않았으면 좋겠어요."

손을 자신의 품으로 가지고 간 찬주는 자신의 몸을 나에게
기대 오면서 이야기했다.

이우가 키가 컸다면 완전히 기댈 수 있었겠지만, 찬주의
키가 나와 거의 비슷해서 어깨에 기대었다기보다는 몸 전체

를 비스듬하게 누인 모양새가 되어 버렸다.

가만히 누워서 레이스 커튼만 드리워져 있는 창문을 보자 1년간 있었던 많은 일이 머릿속을 지나갔다.

이곳으로 오고 많은 역사 속의 인물들을 눈앞에서 보고 대화했다. 역사를 조금씩 바꿀 준비를 했고……

너무나도 많은 일이 지나갔다. 나는 아직 20대 초반인데……. 이우 공의 나이로는 스물아홉 살, 아니 이제 서른 살이 되었다.

"어? 찬주야, 나 이제 서른 살인 거야?"

"네? 네…… 이립而立이세요."

즐거운 새해와 좋은 밤하늘, 따뜻한 이불 안의 공기로 좋았던 기분이 갑자기 확 떨어지는 느낌이었다.

나의 정신은 이제 20대 중반으로 들어서는데, 이미 나의 나이는 서른으로 숫자가 바뀌어 있었다.

5장

새해를 맞이해서 들떠 있던 분위기도 이제 어느 정도 가라앉아 일상으로 돌아간 집 안에 나의 큰 목소리가 울려 퍼졌다.

"구급차는 언제 오는 것인가! 어떻게 좀 해 보아라, 아프다고 하지 않느냐!"

늦은 시간까지 서재에서 서류를 살펴보고 방으로 들어가니 먼저 잠든 줄 알았던 찬주가 배를 부여잡고 아파하고 있었다.

나의 외침에 놀라서 온 의사는 별다른 조치를 취하지 않고 구급차를 호출하는 것이 다였다.

"오라버니, 괜찮으니까 소리 좀 지르지 마세요."

"괜찮아?"

"원래 진통 시작되면 그래요. 아팠다가 괜찮아졌다. 아직 진통 주기가 기니까 괜찮아요."

금방까지도 아파서 땀을 뻘뻘 흘리던 얼굴로 대답하는 찬주를 보자 안타까웠다.

"이우 공께서는 일단 밖에 나가 계시는 게 나을 것 같습니다. 양수가 터진 것도 아니고 진통이 이제 시작되었으니까, 아직 시간이 많이 남아 있어요."

의사는 내가 방해되는 것인지 나가 있으라고 말했다. 이어 의사의 지시를 받은 시월이가 나를 문밖으로 이끌고 나왔다.

"저 의사 제대로 된 사람이 맞는 것인가? 병원으로 가야 하는데 구급차는 언제 오는 것이야?"

밖으로 쫓겨나 문 앞에 있는 하야카와에게 말했다.

"전하, 왜 이리 안절부절못하시옵니까? 병원에서 구급차가 출발했다고 하니, 금방 도착할 것이옵니다. 의사분도 아직 출산하시려면 최소 3~4시간은 더 걸릴 것이니 걱정하지 말라고 하였습니다."

의사가 아까 얼핏 그런 이야기를 했던 거 같은데, 자세히 기억이 나지 않았다. 내 옆에서 식은땀을 흘리면서 아파하는 사람이 있는데 그런 것이 들리는 것 자체가 이상한 일일지도 몰랐다.

진정이 되지 않아서 방문 앞에서 왔다 갔다 하고 있자, 곧

2층으로 들것을 가지고 올라오는 의료진이 눈에 들어왔다.

"왜 이제야 오는 것인가! 연락한 지가 언제인데!"

"이쪽으로 오시지요."

"전하, 진정하시옵소서."

나를 제외한 2층에 있는 사람들은 침착하게 대처하는 것 같았다. 나도 머리로는 진정을 해야 한다고 생각하고 있었지만, 그것은 잠시뿐이었다. 찬주의 아파하는 소리가 들리거나 눈앞에 그녀가 보이면 진정이 되지를 않았다.

방 안으로 들어간 의사들은 가지고 들어간 들것이 빈 채로 나오고, 찬주가 의사와 시월이의 부축을 받아서 걸어 나오고 있었다.

"찬주야, 왜 걸어서 나오는 것이야? 의사는 들것을 사용하지 않는 건가?"

"오라버니, 괜찮아요. 지금은 걸을 수 있으니 내 발로 걸어갈게요."

"그래도 계단에서 진통이라도 오면 큰일이 아닌가. 의사는 뭐 하는 건가, 환자가 아픈데!"

하야카와가 흥분한 나를 막아섰고 찬주는 금방 구급차에 탑승했다.

"얼른 따라가자."

찬주가 타고 가는 구급차를 뒤따라서 황실병원으로 이동했다.

나는 첫아이여서 그런지 진정을 하려고 해도 찬주의 아픈 얼굴이 자꾸 떠올라서 잘되지를 않았다.

병원으로 가자 바로 수술실로 들어갈 줄 알았는데, 분만실로 들어가지 않고 병실로 안내되었다.

"분만실로 가야 하는 것 아닌가?"

"아직 진통 주기가 길어서 시간이 많이 남아 있사옵니다. 이제 병원으로 왔사오니 진정하시고 저희 의료진에게 맡겨 주십시오, 전하."

"오라버니, 괜찮으니까 여기 와서 앉아요……."

찬주의 힐난이 담겨 있는 말투가 왠지 나를 창피해한다는 듯이 느껴져서, 침대 옆에 있는 보호자용 침대에 앉았다.

"청이 낳을 때는 너무 신경을 안 써서 서운하다고 해서 이러시는 거예요? 왜 이렇게 체통 없이 그러세요."

역시 그녀의 말에는 창피함이 묻어 나왔다. 나도 내가 약간 꼴불견처럼 보일 수도 있겠다는 생각이 이제야 들었다.

"그게……."

"일단 앉아서 쉬고 계셔요."

찬주는 그 뒤로도 몇 차례 진통을 겪고 나서야 분만실로 방을 옮겼다.

"여기는 들어오시면 안 됩니다. 보호자분은 밖에서 기다려 주세요."

찬주의 손을 잡고 같이 분만실로 들어가려고 하자 간호사가 제지했다. 그 탓에 찬주의 침대도 분만실로 들어가다가 멈추었다.

"같이 못 들어가서 미안해. 여기 앞에 있을 테니까 사람들이 아프게 하면 소리 질러, 내가 들어가서 혼내 줄 테니까."

"오라버니, 지금 얼굴 완전 우스워요. 눈물범벅이 돼서 그게 뭐예요, 처음도 아니면서……. 예쁜 아기를 데리고 나올게요."

수술실로 들어가는 찬주의 얼굴에 떠오른, 나의 얼굴을 보고 생긴 미소는 분만실의 문이 닫힐 때까지 지워지지 않았다.

"커험……."

문이 닫히고 나자 주변의 시선들이 눈에 들어왔는데, 창피함이 한번에 밀려오는 기분이었다. 2시간 가까이 진통을 하는 것을 옆에서 지켜보느라 얼굴은 눈물콧물 다 나와서 지저분했다. 그런 모습을 하야카와를 비롯한 다른 산모를 기다리는 아버지와 그들의 가족까지 다 봤다.

그들의 시선을 피해서 화장실로 가 얼굴을 보니 가관도 아니었다. 일단 급한 대로 정리를 하고 나오자 하야카와와 시월이가 자리를 잡고 기다리고 있었다.

"준비물들은 잘 챙겨서 왔는가?"

"네, 전하. 병실에다가 놓아두고 왔습니다."

시월이는 우리보다 늦게 이곳으로 왔는데, 내가 조금 정신없이 설치는 바람에 출산 후에 입을 옷 같은 출산 준비물들을 제대로 챙겨 오지 못해서 그녀가 챙겨서 왔다.

자리에 앉아 있는데, 안에서 찬주의 것인지 아니면 다른 산모의 것인지 모를 비명이 들려왔다. 결국 나는 자리에서 일어나서 제자리를 왔다 갔다 했다.

문이 열리는 것에 놀라 몇 번을 보았는데, 다른 산모의 아기와 산모가 나오거나 산모의 남편에게 출산이 끝났으니 들어오라는 말뿐이었다.

그들의 행복한 미소와 모습은 나를 더욱 초조하게 만들었다. 결국 인내심이 한계에 다다라서 담배 생각이 간절해질 때쯤 문이 열리면서 간호사가 나왔다.

"전하, 산모와 아이 모두 건강하오니 들어오셔서 보시면 됩니다."

밖으로 나온 간호사의 말에 나는 급히 발걸음을 옮겨서 안으로 들어갔다.

병실로 가기 전에 손을 씻고 그들이 씌워 주는 위생복을 입고 분만실로 들어가자, 어느새 태어난 붉은 핏덩이의 작은 아이가 하얀 포대기에 감싸여 찬주의 가슴 위에 달라붙어서 있었다.

그 모습을 보는데 이미 많이 흘려서 더는 흐르지 않을 것으로 생각했던 눈물이 다시금 터져서 흘러내렸다. 무언가 속에서부터 울컥하여서 올라오는 그 느낌이 생소하지만 싫지는 않았다.

"오라버니, 오셨어요? 공주님이에요."

"내가 한번 안아 봐도 될까?"

"여기요."

찬주가 안아 올려서 넘겨주었는데, 순간 아이를 어떻게 안아야 할지 몰라서 양손으로 받쳐 들었다.

아이는 정말 조그마했다. 그 조그마한 몸으로 작은 숨을 몰아쉬고, 작은 팔을 조금씩 움직이고 있었다.

아이의 피부는 아직 피가 묻어 있는 것이라 생각이 들 정도로 붉은색을 띠고 있었고 피부는 쭈글쭈글했다.

내 아이는 정말 예쁠 거라고 생각을 했는데 그 생각만큼 예쁘지는 않았다. 하지만 그 아이가 주는 감동이 반감되거나 하지는 않았다.

"전하, 아이는 잠시 후에 병실로 데리고 가겠습니다. 일단 정리가 끝이 났으니 산모와 함께 병실로 안내하겠습니다."

이어 간호사는 나에게서 아이를 받아 들더니, 찬주와 함께 병실로 이동했다.

병실로 돌아온 찬주는 아이를 낳고 나니 조금 나아진 것인지 편안한 표정으로 돌아왔다.

"찬주야, 배고프지 않아?"

진통부터 시작해서 출산까지 거의 10시간 가까이 지나 있었다. 게다가 아이를 낳느라고 힘을 써서 배가 고프지 않을까 해서 물었다.

"괜찮아요. 오라버니가 걱정이죠. 아무것도 안 드셨죠? 저는 조금 있으면 병원 음식이 나올 테니까 일단 나가서 뭐라도 드시고 오세요. 아니면 집에 가서 식사하시고 한숨 주무시고 오시는 것도 좋고요."

"아냐, 그냥 여기 있을게."

찬주의 제안을 거부하고는 그녀가 누워 있는 바로 옆 보호자 침대에 앉아서 손을 잡았다.

"정말 고마워. 그리고 아기 낳느라고 고생했어. 내가 미안해……."

말이 가슴에서 머리를 거치지 않고 입으로 바로 나온다고 느낄 정도로 횡설수설했다.

그렇게 대화를 하고 있을 때에 아이가 작은 카트에 누워서 병실로 들어왔다.

아이가 꼬물거리는 것이 너무나 귀여웠다. 내가 알고 있던 아기 피부와는 조금 달랐지만, 그래도 나의 아이라고 생각해서 그런지 너무나도 귀엽게 보였다.

"아기 얼굴 뚫어지겠어요. 청이 때는 안 그러더니, 딸이라서 그런가?"

한참을 뚫어져라 쳐다보고 있는 내가 신기한지 찬주가 이야기했다.

"그냥……. 내 아이라는 게 신기해서."

"저기 뒤에 오라버니 아이 또 있네요. 청이 왔어?"

"엄마~."

청이는 오자마자 침대에 누워 있는 찬주에게 달려갔다.

"청이, 아침에 잘 일어났어?"

"응, 일어나서 유모랑 세수도 하고, 아침밥도 먹고, 양치도 했어!"

청이는 내가 있는 반대편 침대 옆에 달라붙어서 찬주에게 아침에 있었던 일을 재잘재잘 이야기했다.

"아버지보다 낫네. 아버지는 지금 동생한테 빠져서 아침도 안 먹고 있는데."

찬주가 나를 보면서 이야기했다.

"내가 뭘⋯⋯."

순간 찬주의 말에 머쓱해졌다.

"아부지, 나도 나도 동생 얼굴 보고 싶어요."

"그래? 여기⋯⋯."

아이를 찬주에게 넘겨주자 그녀가 청이가 아이 얼굴을 잘 볼 수 있게 몸을 돌렸다.

"진짜 작다⋯⋯."

"청이도 이만큼 작았어. 청이가 이제 오빠니까 인사를 해야지."

감탄을 하는 청이가 귀여웠는지 찬주가 대답해 주었다.

"안녕, 동생아!"

두 남매가 인사를 하는 사이에 시월이가 찬주가 먹을 음식을 가지고 들왔다. 일본식도 미역국을 먹는 것인지 알 수는 없었으나, 진하게 끓인 것으로 보이는 미역국과 정갈한 반찬들이 눈에 들어왔다.

"빠빠이~."

식사가 들어오자 간호사가 아이를 안아서 데리고 나갔다. 그런 아이에게 오빠인 청이가 손을 흔들어서 인사를 했다.

"오라버니는 식사를 안 하세요?"

"먹어, 나는 괜찮으니까."

찬주가 밥을 먹는 자리 옆에 앉아서 밥을 뜬 숟가락 위에 반찬을 올려 주었다. 그녀는 처음에 나를 이상한 눈으로 바라보다가 곧 올려 주는 음식을 받아먹었다.

"전하, 전하가 식사하실 음식을 가지고 왔습니다."

한참 음식을 먹고 있을 때, 시월이가 작은 도시락 하나를 가지고 들어왔다.

"내 음식?"

내 음식이 준비되어 있을 리가 없는데 나의 음식이라고 가지고 들어와 놀라서 물었다.

"하야카와 집사님이 보내셨습니다."

하야카와는 아직 찬주가 제대로 몸을 추스르지 못한 상태여서 병실로는 안 들어오고 밖에 있었는데, 안쪽의 상황을 짐작한 것인지 나의 도시락을 보내왔다.

"일단 거기 놔두게."

"식사하세요."

"아니야, 찬주 다 먹고 나서 먹어도 괜찮으니까, 얼른 먹어."

찬주가 식사하는 것을 끝까지 도와주고 나서 나의 도시락을 열어서 먹었다.

도시락은 그 짧은 시간에도 하야카와가 신경을 쓴 것인지 맛있는 것들이 많이 들어 있었다.

내가 도시락을 먹을 때에 밤새워 아기를 낳는다고 힘들었는지 찬주가 침대에 누워서 잠이 들었다.

"청아, 어머니가 주무실 수 있게, 우리 동생을 보고 오자."

찬주가 수면을 잘 취할 수 있게 청이의 손을 잡고 아기가 있는 신생아실로 갔다.

내가 다가가자 창문 너머 간호사가 아기가 누워 있는 침대를 끌어다 창문 앞에 놔주었다.

아직 눈도 못 뜬 상태로 누워 있는 아기는 꼬물거리고 있었다. 그런 아이를 한참 바라보고 있다가 문득 아이의 이름을 아직 생각하지 않았다는 것을 느끼고, 머릿속으로 아이의 이름을 생각해 보기 시작했다.

한참을 생각하다가 떠오른 이름이 '수련睡蓮'이었다.

한국어와 일본어의 발음도 '수련'과 '수이렌'으로 거의 비슷했고, 또 일제강점기에서 피어난 꽃이라는 뜻으로 진흙 속에서 피는 연꽃도 생각이 나서 그와 비슷한 수련으로 정했다.

나도 한숨 자고 저녁에 찬주까지 일어나자 내가 정한 이름이 어떤지 물어보았다.

"오라버니, 아명 없이 바로 호적에 올리시려고요?"

찬주는 내가 아명이 아니고 이름을 말을 하자 놀란 표정으로 물었다.

"응, 그럴 거야. 어때, 수련이라는 이름은?"

"좋아요."

이 당시에는 위생과 의료 시설이 좋지 않아서 갓 태어난 아이가 돌이 되기 전에 죽는 경우가 많았다. 그래서 돌잔치를 화려하게 했다고 한다.

그리고 아명을 대충 지어야지 오래 산다는 미신도 있어서, 아명을 짓고 돌이 지나서 죽지 않으면 호적에 올리는 관습이 있었다.

하지만 난 수련이가 죽을 수도 있다는 것 자체를 고려하지도 않았다. 위생도 철저히 해서 그런 일이 없게 만들 것이다.

⊱✿⊰

찬주의 출산이 있고 나서 며칠 동안 병원과 집을 오가는 생활을 했다. 집 안에서 살펴야 하는 서류들도 있어서 마냥 병원에만 있을 수는 없었다.

주로 식사 시간대에는 병원에 있다가 오후에 집으로 돌아와서 서류를 살피고 다시 저녁 시간에 맞춰서 병원으로 가는 일상이 계속되고 있었다.

그런데 오늘 돌아와서 서류를 살펴보다가 한 구절에 멈추었다.

'이우, 부인 박찬주, 장남 이청, 차남 이종.'

이우 공의 기억들을 잊어버리기 전에 정리해 놓은 서류였는데, 이우 공의 가족 관계에 대해서 기억나는 걸 적어 놓은 부분이었다.

'차남 이종.'

그 글에는 딸에 대한 이야기는 없었다. 몇 년생인지는 알수가 없었으나 둘째는 아들이 나와야 하는데, 딸이었다.

역사가 바뀐 것이다. 한 사람의 운명도 송두리째 바뀐 것이었다.

순간 온몸에 소름이 돋아나는 느낌이 들었다. 원역사에서 존재하였던 사람이 나의 행동으로 인해서 사라졌다.

아직 드러나고 있지는 않지만 지난 1년 동안 원래의 역사와는 다른 행동을 엄청나게 했다. 그 후폭풍들이 눈에 띄지는 않았지만 분명 닥칠 것이다. 예측하지 못하기에 그 역시 내 생각대로 흘러가기를 바랄 뿐이었다.

똑똑.

"들어오게."

문을 두드리는 소리에 대답을 하니 히로무가 문을 열고 들어왔다.

"전하, 경하드리옵니다."

히로무는 방으로 들어오더니 고개를 숙여서 인사를 했다가 금방 얼굴에 익살스러운 웃음을 걸었다. 그러곤 서재에 놓여 있는 소파에 앉았다.

나도 보고 있던 서류를 내려놓고 소파로 갔다.

"오랜만이네?"

"우리 전하께서는 힘을 얼마나 쓴 거야, 둘째까지 만드시고."

"그러는 넌 힘을 쓸 사람이나 만들지? 맨날 운동해서 욕구를 해결하지 말고 말이야."

히로무는 나의 말이 어이가 없었는지 한쪽 입꼬리를 올리면서 코웃음을 쳤다.

"그러니까 얼른 결혼하라고, 언제까지 혼자 살 거야? 이제 좀 있으면 30대 중반으로 들어간다."

이 당시의 일본은 과거의 풍습도 있었고 계속되는 전쟁으로 일찍 결혼하는 것이 사회 전반의 분위기였다.

보통 남자는 20대 중반, 여성은 10대 후반부터 20대 초반을 결혼의 적령기로 보고 있었다. 그런 면에서 히로무의 나이는 노총각 정도가 아니라 홀아비라 해도 믿을 수 있을 나이였다.

"아직 멀었으니까 걱정하지 마."

"오늘은 무슨 일로 왔어? 설마 아기 낳았다고 왔을 리는 없을 테고."

히로무가 어린아이들에게 특별히 관심이 있거나 좋아하는 게 아니어서 웃으면서 물었다.

"여기, 전에 말을 했던 거."

히로무가 서류철 하나를 테이블 위에 올려놓았다.

"뭔데?"

그가 내려놓은 서류를 집어 올려서 펼치니 맥아더에 대한 파일이 들어 있었다.

더글러스 맥아더, 1880년 1월 26일생. 웨스트포인트 출신으로 1차대전 때 대령으로 프랑스에서 복무, 그 후 1차대전 내내 프랑스에서 주둔하며 준장으로 42사단의 임시 사단장이 됨. 미군 내 최연소 사단장. 1차 대전 중 웨스트포인트의 교장 역임. 1차 대전 종전 후 미군 최연소 육군 소장 진급. 1930년 미군 13대 최연소 육군참모총장 역임. 1935년부터 37년까지 필리핀 정부 최고군사고문 이후 예편하고 필리핀 육군 원수(General of the Army)를 지냄. 현재는 대일필리핀방위군을 조직하고 일본과의 전쟁을 준비하는 한편 워싱턴으로 가서 일본과의 전쟁을 위한 여론을 형성하려고 하나 상황이 좋지는 않음.

"네 말대로 조사를 해 봤는데, 이 사람이 현재 미군의 장성급 이상 중에서 맥아더라는 이름을 쓰는 유일한 인물이야. 다른 인물은 아버지인 아서 맥아더가 있기는 한데, 현재는 필리핀 총독으로 있는 인물이고 퇴역한 지 30년도 넘어서 제외했어."

서류에 첨부된 사진을 보니 함선 위에서 큰 파이프 담배를 입에 물고 있는 백인이었는데, 나의 기억 속에 있는 맥아더는 항상 보잉 선글라스를 끼고 있어서 그가 맞는지 아닌지 확신할 수는 없었다. 하지만 그의 이력을 보니 내가 생각하는 사람이 맞는 것 같았다.

무엇 때문에 예편했는지는 알 수 없으나, 예편이라는 것도 어차피 예비군으로 편입되는 것이니까 다시 군으로 복귀할 것 같았다.

"필리핀은 아직 전쟁을 안 하지 않아? 그런데 무슨 대일방위군을 조성하고 있대?"

서류의 마지막에 쓰여 있는 대일필리핀방위군이 눈에 들어와서 히로무에게 물었다.

"대동아 공영이 이대로 흘러간다면 필리핀과 개전이 되는 건 당연한 순서니까, 전세를 본다면 준비하는 게 맞는 거지."

"그렇긴 하네. 아무튼 고맙다. 이 사람이 맞는 거 같네."

"그런데 갑자기 웬 미군을 알아보라고 한 거야?"

그는 의아한 표정으로 물어 왔다.

"그냥, 일이 있어서. 다른 건?"

"미국 내부에서 'Lend-Lease Act'라는 이름으로 무기대여법이 입법 준비 중이라는 소문이 있어. 그래서 우리 내부에서도 상당히 긴장 중이야."

"아직 직접 참전한다는 말은 아니잖아?"

무기대여법이란 게 연합국들에 무기를 지원하는 법률인 거 같아서 시큰둥하게 대답했다. 그들이 직접 참전하는 것도 아니고 무기 대여는 지금도 이미 하는 상황이다. 그 정도로 바뀔 전황이 아니었다.

"직접 전쟁에 참여하지 않더라도 예정된 법이 그대로 통과되면 큰일이지. 지금까지 눈 가리고 아웅 하는 정도로도 많은 물자가 들어왔는데, 들어오는 물자의 양 자체가 달라질 거야. 또 그렇게 대규모 물자가 지원되면, 유럽 본토의 전선은 몰라도 아프리카 전선이나 중국 전선에서는 분위기가 바뀔 가능성이 크다고 보고 있어."

일본 육군의 정보부는 내가 예상했던 것보다 훨씬 많은 자료를 수집하였고, 전황 역시 냉정하게 바라보고 있는 것 같았다.

"이미 유럽은 독일과 이탈리아의 수중으로 떨어지는 것으로 생각하나 보네?"

"추축국으로 루마니아 왕국, 슬로바키아, 헝가리도 합류했고, 대부분의 유럽은 점령이 완료된 상태니까. 스페인의 경우도 겉으로는 중립국을 표방하지만 실질적으로는 추축국을 지원하는 국가로 분류되어서, 지금의 유럽 본토에서 추축국과 싸우는 나라는 소련이 전부야."

"영국도 있잖아."

"영국은 본토가 아니니까. 그리고 물개들이라 어차피 본토에 상륙하지도 못해. 결국 이 전쟁은 영국이 주축으로 있는 연합국이 승리하기는 힘들어. 네 생각대로 되려면 확실히 미국이 참전해야 해."

미국은 반드시 참전을 하게 되어 있다. 그것도 일본이 아주 시원하게 개전을 해 주는 덕분에 반전 여론이 강했던 미국 국민을 설득할 구실을 주어서 참전한다.

"그건 시간이 지나 보면 알 테고. 요즘 군 내 분위기는 어때? 학교에만 있어서 그런지 정보가 없네."

"전체적인 사기는, 지금 전쟁이 나름 이기는 중이니까 좋아. 문제는 물자 부족이지. 기름이 부족해서 비행기는 연습도 못 하는 실정이고 1차 대전 때 없어졌던 석탄을 때는 함선을 지금 개조해서 만들어야 하는 게 아니냐는 이야기가 나올 정도니까."

"그 정도로 부족한 거야? 그럼 앞으로 전쟁은 어떻게 수행을 하려고 한대?"

"거기까지는 나도 알아보는 중인데, 아무튼 지금 물자 부족은 당장 1년을 못 버틸 정도로 심각한 상황까지 와 있어. 올해 안으로 해답이 나와야지, 안 그러면 답이 없어."

"그 정도야?"

"최악의 상황으로는 모든 전선을 멈추고 이대로 고착화하는 것까지 고려되고 있는 상황이야."

일본의 전쟁 상황이 몹시 나쁜 모양이다. 1차 대전과는 다르게 미국과 적대국이 되다 보니 미국과 무역을 하지 못해서 석유 수급이 힘든 게 가장 큰 문제인 거 같았다.

"고생했다. 저녁은 같이 먹고 갈래?"

"아니, 아직 부대에 업무가 남아 있어서 돌아가야 돼. 말했던 자료가 도착했기에 잠깐 들른 거야."

"그래, 고생하고."

히로무가 돌아가고 나서 남은 서류들을 정리하고, 찬주와 아이를 보기 위해서 서재에서 나서려고 하는데 하야카와가 노크하고 들어왔다.

"안 그래도 나가려고 했는데 무슨 일인가?"

"전하, 유메에서 하인이 와서 공비마마의 순산을 축하하기 위해서 음식을 준비해 놓았다고 합니다. 병원에 가시기 전에 들러서 가져가 달라고 하는데, 어떻게 하면 되겠습니까? 소인이 가서 가져오도록 합니까?"

유메에서 찬주를 위해서 특별식 같은 것을 준비한 거 같았다.

평소라면 하야카와에게 시켜서 가져오거나 다른 하인을 시켰겠지만, 지금은 어차피 나도 일어나서 병원으로 가려고 하는 중이라서 내가 가기로 했다.

"아니, 나도 일어나는 길이니 같이 가서 음식을 가지고 병원으로 가도록 하지. 그 아이에게도 그렇게 전하게."

"그리 전하겠습니다, 전하."

밖으로 나가자 내가 타고 갈 차량이 준비되어 있었다.

"전하, 소인은 오늘 집 안에서 해야 할 일이 남아 있어서 전하를 모시지 못할 것 같습니다."

하야카와가 나의 감시인이기는 하였으나 우리 집의 집사도 맡고 있었다. 그래서 가끔은 나에게서 떨어져 여러 일을 보기도 했던 터라 별 의심 없이 대답했다.

"그리하게. 가지."

오랜만에 하야카와 없이 움직이려니 조금 어색하기는 했다.

차는 병원으로 바로 가지 않고 조금 먼 거리인 긴자의 유메로 먼저 향했다. 유메에 도착해서 안으로 들어가자 나를 발견한 하인이 안에다 알렸다.

건물로 들어가지 않고 정원에서 잠시 기다리자 마담이 밖으로 나왔다.

"전하, 어찌 들어오지 않으시고 이곳에 계시옵니까."

"그냥, 음식만 받아서 바로 가려고……. 내가 들어가야 하나?"

이야기를 하다가 혹시 누군가 나를 기다리고 있는 것인가 하는 생각이 들어서 급히 물었다. 조금 멀기는 하였으나 이야기가 들릴 만한 위치에서 운전기사가 나를 기다리고 있어서 대놓고 물어보지는 못했다.

"그런 것은 아니옵니다. 그럼 여기서 잠시 기다리시면 음식을 가지고 오도록 하겠습니다."

유메에 올 때는 대부분이 누군가를 만났던지라 혹시나 했지만, 이번에는 아니었다.

잠시 기다리자 마담이 비단에 싸여 있는 큰 상자 하나를 가지고 나왔고, 그 도시락 상자를 운전기사가 받아서 차로 가지고 갔다. 그가 뒤돌아서 차로 가는 사이에 마담이 내 쪽으로 붙더니 편지 한 장을 건네주었다.

그 편지를 보자 이게 누구에게서 온 것인지는 모르겠으나 남이 보아서는 안 되는 것이라는 게 느껴졌다. 나도 받아서 얼른 안주머니로 숨겼다. 아무래도 오늘 도시락을 가지러 오게 한 이유는 이것인 거 같았다.

시월이가 찬주의 산후 조리를 위해서 병원에 계속 있어서 나에게 편지를 전할 방법이 없었다. 그래서 마담이 나름대로 생각한 방법이 이것인 거 같았다.

다행히 오늘은 하야카와가 없었고 운전사도 나에게 신경을 쓰지 않는 틈을 타서 잘 전해 받았다.

"전하, 공주마마가 태어나신 것을 경하드립니다."

"고맙네, 다음에 오도록 하지."

"공비마마에게도 경하드린다고 전해 주십시오, 전하."

마담에게 인사를 하고 음식을 가지고 병원으로 갔다.

병원에서 한 상 가득 차려 온 도시락을 본 찬주는 좋아했지만, 나의 온 신경은 편지로 가 있었다. 이 편지가 누구에게서 온 것인지, 시급을 다투는 것은 아닌지…….

하지만 지금 당장 확인할 방법이 없어서 어쩔 수 없이 그녀가 밥을 먹는 것을 보고 있었다.

"오라버니, 왜 그리 안절부절못하세요?"

아기를 데리고 왔던 간호사와 시월이가 방에서 나가고, 나와 찬주 둘이 남자 그녀가 물어 왔다. 아마도 내가 평소와는 다르다는 것을 느낀 거 같았다.

"많이 티가 났어?"

"그런 것은 아니고, 왠지 그런 느낌이 들었어요."

"다행이네. 여기에 종이 한 장이 있어서 그래. 신경 쓰지 말고 먹어."

내가 가슴 쪽을 두드리면서 이야기하자 찬주도 이해했다는 듯 웃음을 지었다.

"그래서 수련이가 왔는데도 안아 보시지도 않았군요. 많이 신경이 쓰이신다면 이곳 화장실에서 읽어 보시는 것은 어떠세요?"

찬주가 가리킨 곳은 병실에 있는 작은 화장실이었다. 1인실이어서 병실 안에 화장실도 딸려 있었다.

"그거 괜찮은 방법인 거 같네."

찬주에게 조금 미안하긴 했으나, 일단 이 편지가 누구에게서 온 것인지 무슨 내용인지만이라도 급히 확인하는 것이 좋다고 판단해서 화장실로 들어가 편지를 꺼내었다.

편지에 임시정부 주석을 뜻하는 임시정부의 국새가 찍혀 있는 것이 먼저 눈에 들어왔다. 작년 연말에 보냈던 편지의 답장이 지금 도착한 것 같았다.

편지를 꺼내어서 펼치자 찍혀 있던 도장이 양쪽으로 갈라지면서 그 안의 편지 내용이 눈에 들어왔다.

처음에는 주로 안부에 관한 이야기들이 적혀 있었고, 중간 부분에 나의 시선을 사로잡는 내용이 쓰여 있었다.

이시영 국무위원에게 넘겨받은 자료들을 검토해 본 결과, 임시정부 내부에서 가지고 있던 자료 중 증명하지 못했던 부분을 보충하는 자료들이 많이 있었습니다.

임시정부도 역시 이승만 구미위원장에 대해서 탐탁지 않게 생각했으나, 그렇게 될 경우 그를 대체할 인물이 없어 미국 내의 임시정부의 영향력에 대해서 문제가 있었습니다. 하지만 보내 주신 자료들을 살피니 이승만 구미위원장과 그 위원회를 폐쇄하고, 북미대한인국민회와 함께 새로운 구미위원회를 설립하는 게 낫다는 결론이 나왔습니다.

　또한 전하의 공식적인 지위에 대해서도 많은 회의를 거듭하고 있습니다.

　조선민족혁명당, 조선민족해방동맹, 조선혁명자연맹 소속 의원들의 반대가 있기는 하나, 국무회의에서 정식적인 망명정부의 입헌군주로 추대하는 것에 대해서 논의 중입니다.

　이러한 논의는 과거의 의친왕 전하 때에도 있었으나, 망명이 이루어지지 않아서…….

여기까지 읽었을 때 조금 의문이 생겼다.

　나를 망명정부의 일원으로 받아들인다? 이들이 조금 잘못 생각을 하고 있다고 생각했다. 그리고 나를 반대하는 사람들은 전부 사회주의를 표방하는 정당의 사람이었다.

　물론 내가 임시정부의 일원으로 독립운동을 하게 되면 독립 후의 해방 공간에서 나의 발언권이 강해질 것이다. 하지만 그렇게 될 경우 나의 계획대로 독립하는 것이 불가능했다.

　밖에서 날아오는 칼은 팔을 들어서 막으면 되지만 주머니 속에서 심장으로 꽂히는 칼은 그 어떠한 것으로도 막을 수 없다. 나는 드러나 있는 대검이 아니고 주머니 속에서 적의 심장을 찌르는 작은 칼이어야 했다.

　이들의 논의가 얼마나 진행되었는지는 알 수가 없었으나

이 일을 빨리 중단시켜야 했다.

국무위원들끼리 내가 후원해 주고 있다는 것을 알고 있는 것은 큰 문제가 아니었다. 그러나 혹시라도 나를 그들의 임시정부의 입헌군주로 추대하거나, 아니면 국무위원 중 한 명으로 추대하게 되면 분명 일본에서도 알게 될 것이다. 그러면 이때까지의 준비가 허사가 될 가능성이 컸다.

아니, 일본 안에서 나의 지위와 목숨이 위험할 수도 있었다. 아버지 의친왕처럼 유폐를 당하고 모든 공식적인 활동에 지장이 생길 가능성이 컸다.

제발 임시정부의 국무위원들과 주석인 백범 선생이 실수하지 않기를 바랐다.

그다음에 적혀 있는 것은 광복군에 대한 것이었다.

윤봉길 의사의 의거 이후로 장제스의 국민당과 중화민국으로부터 많은 지원을 받았다.

장제스가 지금 중국 전역에 퍼져 있는 조선인으로 구성된 독립군들을 결집해서 전력화할 필요가 있다고 제안을 해서, 총사령관에 지청천池靑天, 참모장은 이범석李範奭으로 하여 광복군을 창설하였다는 내용이었다.

물론 작년 9월에 창설한 광복군에 대한 것은 이미 성재 이시영 선생으로부터 받은 편지에 적혀 있어서 알고 있었다.

사실 김구가 이렇게 글을 적은 것은 자금 지원에 대해 묻고 싶어서다. 미국 송헌주가 위원장으로 있는 국민회에 자금 지원이 가능한지 궁금해하는 듯한 뉘앙스의 글이 적혀 있었다.

"결국 다 돈이구면……. 알렉산더대왕이 금은보화와 함께 묻혀 있다는 세상의 끝이라도 찾아내면 좋을 거 같네."

입에서 좋은 소리가 나올 수가 없었다. 돈을 필요로 하는 곳은 많았다. 어느 한 곳 경중輕重을 따질 수 없는 곳들인데, 가지고 있는 돈은 한정되어 있었다.

광복군 군인들의 상황이 어떤지는 알 수가 없었으나, 곽재우가 이끄는 광무대의 경우에는 '열정 페이'도 이런 '열정 페이'가 없었다. 내가 미래에서 욕했던 악덕 업주가 내가 아니겠느냐는 생각이 들 정도였다.

앞으로 4년간은 더 광무대를 확대하고 유지해야 해서 월급을 많이 줄 수도 없었다.

그래서 대원들에게 내건 것은 조국에 대한 충성과 미래에 대한 약속이었다. 독립된 조국에서 그들의 공로를 잊지 않겠다고, 그 공로를 높이 치하하겠다는 것이었다.

그리고 합류한 대원은 최소한 밥을 굶거나 돈 때문에 문제가 없게 해 주려고 했다.

그의 가족 역시 함께 합류하면 공동체 생활로 식사를 해결했다. 너무 멀거나 일신상의 이유로 합류하지 못한 대원들의 가족에 대해서도 최대한 의친왕을 통해서 지원하기 위해 노력했다. 물론 그렇게 많은 대원들의 가족을 지원하지는 못했지만 가능한 곳까지는 노력했다.

임시정부의 상황도 별반 다르지 않을 것이라 짐작이 갔다. 그러니 주석이 나에게 자금에 대해서 돌려 말을 해 왔을 것이다. 이 부분은 예상하고 있었다.

이승만 박사의 구미위원부를 폐쇄하게 되면 임시정부의 최대 후원자인 하와이국민회의 자금을 받지 못한다. 그것이 이때까지 이승만이 독립 세력 내에서 힘을 발휘해 온 이유였다.

물론 임시정부 내에서 이승만과 같은 한국장로회(PCK) 출신이거나 미국장로회(PCUSA)의 후원을 받아서 공부한 인물들 역시 이승만의 지지자들이었다.

하지만 그 인물들은 소수였고, 이번에 내가 북미대한인국민회를 직접 임시정부와 연결하도록 한 것이 적중했다.

또 다른 이승만 박사의 장점이었던 하와이의 백인 유력 인사들과의 인맥은 윤흥섭 앞에서는 바람 앞의 등불일 뿐이었다.

아이비리그를 나온 이승만과 마찬가지로 윤흥섭 역시 오리건 주립 대학을 거쳐 아이비리그 중 한 곳인 컬럼비아대학교에서 석사를 땄다. 그리고 워싱턴 D.C.에 위치한 아메리칸대학에서 박사 학위를 취득해 그곳에 있을 때 만든 인맥이 만만치 않았다.

윤흥섭이 보내왔던 보고서에 따르면, 아직 이승만은 호놀

룰루에서 미국으로 넘어온 뒤 워싱턴의 공관에서 대외 활동보다는 책의 집필에 매달리고 있다고 했다. 그런 이승만이 구미위원부의 폐쇄 소식과 구미위원부 위원장에서 해임되었음을 알게 되면 어떻게 행동할지가 궁금해졌다.

그리고 그에게는 미안하지만, 그가 집필하고 있는 책 중에서 태평양전쟁에 관한 예측이 담겨 있는 것은 이미 내가 윤홍섭을 통해서 출판을 완료한 상태였다.

물론 아직 미국 시장에서 반응이 온 것은 아니었다. 그래도 윤홍섭은 워싱턴에 사무실을 열고 자신이 아메리칸대학을 다니던 시절 가지고 있던 인맥을 부지런히 만나러 다니고 있었다.

빠르게 답장할 필요가 있어 보였지만 일단은 집으로 돌아가서 정리해야 했기에 편지를 갈무리해서 안주머니로 넣고는 병실로 들어갔다.

병실로 들어가자 청이가 찬주의 무릎 위에서 나무토막에 색칠을 해서 만든 말 모양 장난감을 가지고 놀고 있었다.

"언제 왔어?"

"아부지!"

오늘 아침에 만나고 유치원에 간다고 헤어졌던 청이지만 마치 몇 달간 못 만난 사람이라도 보는 듯 나를 반가워하면서 침대에서 내려와 뛰어왔다.

"금방요. 유치원 마치고 유모랑 집에서 저녁 먹고 왔어요."

청이는 나의 질문에 답할 생각 없이 새롭게 생긴 자신의 말 장난감에 대한 자랑을 늘어놓았기에 찬주가 대신해서 대답을 해 주었다.

"그래그래, 좋구나……. 그런데 내 저녁은 어떡하지?"

청이의 말을 한 귀로 흘리면서 생각을 하니, 나도 아직 저녁을 먹지 않았다.

아까 찬주가 먹을 때에는 내가 먹을 양도 충분히 있었지만, 정신이 편지에 가 있어서 배고픔을 못 느끼다 이제야 떠오른 것이었다.

"유메의 마담도 그걸 예상했었나 보네요. 저쪽에 따로 챙겨져 있는 음식이 있어요, 그거 드시면 될 거 같아요. 청아, 아버지 식사하셔야 하니까 이쪽으로 와."

찬주가 나의 품에 안겨 있던 청이를 부르자, 녀석은 나의 품에서 벗어나 그녀가 앉아 있는 침대로 다시 올라갔다.

찬주의 말대로 병실에 놓여 있는 탁자 위를 보니 찬합이 하나 있었다. 찬합을 한 층 한 층 내려놓자 정갈하게 담겨 있는 갖가지 음식들이 보였다.

"찬주는 안 먹은 거야?"

"아니요, 제가 먹은 건 저쪽에 있어요. 그건 아마 오라버니 드시라고 준비를 한 거 같아서 따로 놔둔 거예요."

찬주의 말대로 문 쪽을 보자 문 옆에, 내 앞에 있는 찬합과 같은 크기의 찬합이 놓여 있었다.

그것을 보고 안심한 나는 탁자 위에 벌여 놓은 찬합에서 수저와 밥, 국을 찾아서 먹기 시작했다.

보통의 일본인들은 숟가락을 국물을 먹을 때만 사용하고 밥은 젓가락으로 먹었는데, 우리 집안에서는 조선의 방식대로 수저를 사용했다. 유메의 마담도 그런 걸 알고 있어서 도시락에 조선식 숟가락을 넣었기에 밥을 먹기가 편했다.

"아부지, 나도 이거 주세요."

언제 탁자로 다가온 것인지 청이가 눈을 반짝거리면서 새우튀김 하나를 손가락으로 지목했다.

"이청, 너! 또 먹어?"

"아냐~. 아까 나 조금만 먹었어! 그치, 유모!"

침대에 있던 찬주가 소리치자 청이는 대답을 하며 자신의 변명에 신빙성을 더해 줄 것을 강요하는 눈빛으로 유모를 바라봤다. 그 시선을 받은 유모는 난처한지 머쓱하게 웃었다.

"그럼 이거 하나만 먹는 거야, 알았지?"

하나 정도 더 먹는다고 아이에게 무슨 큰일이 나는 것도 아니고 해서, 새우튀김이 놓여 있던 기름종이를 찢어서 잘 감싸 주었다.

"네!"

찬주는 약간 불만인 표정이었으나 더는 말하지 않았고, 자신이 원하는 것을 얻은 청이는 한 손에 새우를 꼭 쥐고는 춤을 추면서 보호자 침대 위로 가서 앉았다.

오늘은 집으로 가서 백범 선생에게 답장을 써야 했기 때문에 밥만 먹고 자리에서 일어났다.

평소라면 늦은 시간까지 있다가 청이가 잠이 들고 나면 업어서 집으로 데리고 갔는데, 오늘은 청이가 잠이 들 때까지 기다릴 수가 없어서 나 때문에 생이별을 해야 했다.

"으어엉엉엉, 엄마랑 같이 있을 거야! 아부지, 미워! 엄마!"

평소에 나보다는 찬주를 좋아하는 걸 알고 있었고, 요 며칠 동안 계속 자신이 일어났을 때 엄마가 없는 것에 슬퍼하는 눈치가 보이기도 했다. 그래서 오늘 깨어 있는 상태로 집으로 데리고 가려니 조금 힘들었다. 평소 어머니라고 잘 부르던 것도 갑자기 엄마라고 불렀다.

나의 일 때문에 아이에게 힘든 걸 강요하는 거라 조금 미안한 마음이 들기는 했지만, 어쩔 수 없이 유모가 달래서 차에 태웠다.

"이청, 아직도 그렇게 계속 토라져 있을 거야? 어머니는 내일 또 보러 가면 되잖아."

집으로 돌아가는 차 안에서도 청이는 내내 앞자리에 있는 유모의 무릎에서 벗어날 생각을 하지 않았다. 게다가 나는 마치 없는 사람인 양 무시를 하고 대답조차 하지 않았다.

"도련님, 전하께서 말씀하시는……."

아이가 하는 행동이라 내가 크게 뭐라 하기도 힘들었다. 오히려 가운데 끼어 있는 유모가 뭐라고 말을 하려고 하자 청이는 자신의 손으로 유모의 입을 막아 버렸다.

내가 집안에서 가장 힘이 있는 사람이라는 건 인식하는 것인지 나에게 대놓고 말을 하지 않았지만 무시하는 전략으로 전환한 것 같았다.

미안하기도 하고 귀엽기도 해서 더 놀리고 싶었으나, 난처해하는 유모를 봐서 조용히 집으로 돌아왔다.

청이는 집에 돌아와서도 나에게 인사조차 없이 짧은 다리를 빠르게 놀려서 자신의 방으로 들어가 버렸다. 이렇게 되자 유모가 오히려 나에게 죄송하다고 인사를 하고, 청이를 챙기기 위해서 방으로 들어갔다.

그런 청이가 방으로 들어가는 것을 보고 나서 나도 서재로 가기 위해 이동할 때, 하야카와가 다가와서 말했다.

"도련님이 화가 난 것 같습니다. 전하, 무슨 일이 있으셨습니까?"

"내일 학교에 갈 준비를 해야 해서 조금 일찍 돌아왔더니 찬주랑 헤어지는 게 힘들었나 봐."

하야카와는 나의 말뜻을 알겠다는 듯 크게 고개를 끄덕이고는 말했다.

"서재로 가시는 것이면 다과를 준비해 올리도록 하겠습니다, 전하."

"그렇게 하도록 하게."

평소에도 내가 서재로 들어가면 시월이가 나에게 온 전갈이나 편지 들을 전하기 위해서 자주 서재를 들락날락했다. 그때마다 사용해 온 핑계가 다과상이었다. 그래서 원하지 않는 과자를 자주 먹고 녹차도 자주 마셨다.

지금은 시월이가 찬주에게 가 있어서 하야카와가 준비해오는 것이지만 의심을 사지 않기 위해서 허락했다.

하야카와가 다과를 가지고 들어오기까지 진짜 내일 있을 전술 수업에 관한 자료들을 살펴보았다.

일본의 육군대학교는 육군의 위관급 장교 중에서 군의 중심이 될 엘리트들을 양성하는 곳이어서 수업 내용 자체는 빡빡하면서도 유익하게 구성되어 있었다.

수업을 따라가는 것은 어렵지 않아 보통은 대충 예습을 하고 가는데, 오늘은 집으로 빨리 돌아오느라 핑계를 만들었기에 어쩔 수 없이 자료들을 꺼내서 전술 수업을 공부하는 척을 했다.

조금 있으니 하야카와가 다과를 가지고 들어왔다.

"여기에 내려놓게."

"알겠습니다, 전하."

서재 책상 옆에 붙어 있는 작은 탁자에 다과상을 내려놓고 나가려고 하는 하야카와에게 말했다.

"하야카와."

"네, 전하. 하문하십시오."

"찬주가 말이야, 병원에서 주는 음식을 먹을 때는 많이 먹지 않더니 유메에서 준비한 음식은 입에 맞나 봐. 그러니 미안하지만 내일부터 식사 일체를 받아 준비해 주게."

찬주가 오늘 가지고 간 유메의 음식을 많이 먹기는 하였으나, 병원의 음식도 심할 정도 입에 안 맞거나 하지는 않았다. 황실병원이고 공족이기 때문에 특별히 신경을 써서 만든 음식을 준비하고 있었다. 그러나 시월이가 병원에 있어서 서신들을 전달할 길이 막혀 있어서 생각한 자구책이었다.

"식사를 말씀이십니까?"

"그러네. 아침 점심은 알아서 배달을 해 주도록 하고, 저녁은 내가 학교에서 마치고 병원으로 가는 길에 가지고 가도록 하겠네."

"그렇게 하도록 하겠습니다, 전하."

하야카와가 밖으로 나가자 백범 선생에게 보내야 하는 편지를 빠르게 작성해 나갔다.

내용을 다 적어 넣고 나서 편지를 곱게 접었다. 그러곤 책상 밑에 고이 모셔져 있는 대한제국의 옥새를 꺼내서 편지가 접혀 있는 곳에다가 찍었다.

이것은 백범 선생이 나에게 보낸 편지에 임시정부의 국새를 찍음으로써 자신들의 정통성과 임시정부의 권위를 표현하려고 했던 뜻을 완곡하게 부정하는 것이다. 나 역시 대한

제국의 정식 승계자라는 뜻이었다.

지금 상황에서 이러한 일들을 글로 쓰게 되면 대화보다는 싸움이 될 가능성이 커서, 할 일이 아니었다. 그래서 간접적으로나마 신경전을 하는 것을 백범 선생도, 나도 알고 있었다.

편지 봉투를 잘 봉하고 내일 학교에 가지고 갈 가방을 준비해 놓았다. 그리고 편지는 침실로 가지고 들어왔다.

가방이나 옷, 서재에 보관한다고 해도 아무도 건드리지는 않겠지만, 혹시라도 누군가 보게 되면 위험해서 아무도 들어오지 않는 침실의 침대 머리와 매트리스 사이의 공간에다 보이지 않게 집어넣었다.

6장

　대학교에서 수업을 마치고 나서 긴자에 가니, 이미 갈 것을 알고 있었는지 정원으로 들어가자마자 마담이 인사를 해 왔다.

　"소인, 전하를 뵈옵니다."

　"미안하게 됐네. 바쁘더라도 병원에 있는 동안에 찬주의 식사 좀 부탁하네."

　나에게 다가와서 인사를 하는 마담에게 손을 잡으면서 이야기를 했다. 손 속에는 어제 적은 편지 한 장과 오늘 학교에서 적은 작은 쪽지 한 장이 있었다. 쪽지에는 이 편지가 누구에게 가야 하는 것인지가 적혀 있었다.

　시월이가 담당했던 나의 연락책의 루트가 어떻게 이어지

는 것인지는 알 수 없었으나, 굳이 그 루트를 찾아보지는 않았다.

혹시라도 나를 감시하는 사람이 눈치채게 되면 위험해지는 이유도 있었고, 유메의 마담을 통해서 백범 선생의 편지가 나에게 전해졌다는 것만으로도 이곳에 연결되는 루트가 있다는 뜻이어서 그녀에게 나의 편지를 전했다.

"큰일은 아닙니다. 앞으로 마마님의 식사는 제가 책임지고 챙기도록 하겠습니다."

마담은 손에서 느껴지는 이질감에 잠시 멈칫하는 거 같더니 자연스럽게 인사하고 나서, 자신의 소매 속으로 편지를 감췄다.

그녀에게 준 편지가 중경으로 잘 전해지기를 빌면서 유메에서 준비해 준 음식을 가지고 병원으로 돌아갔다.

병원에 들어가자 청이는 벌써 한바탕 놀고서 지쳐 자는 모양이었고, 찬주는 막 수유를 마친 것인지 수련이가 어깨에 걸쳐져 있었다.

둘째여서인지 찬주는 젖이 일찍 돌았기에 벌써 본격적으로 수유를 시작해서 수련이는 진료를 위해서 의사가 데리고 갈 때를 제외하고는 거의 병실에 있었다.

아직 태어난 지 얼마 되지 않아서 한 번에 먹는 용량이 작았다. 그래서 거의 20~30분마다 수유를 해야 했다.

"저녁 가지고 왔어. 수련이는 나한테 주고 저녁 먹어."

"어서 오세요, 오라버니. 오늘 또 가지고 오신 거예요?"

찬주는 내가 들어오는 것을 보고 웃으면서 인사를 하다가 내 뒤를 따라 들어온 하인들이 내려놓은 찬합을 보면서 물어왔다.

"아침, 점심도 가지고 오지 않았어?"

"아······. 어쩐지 오늘 식사가 달라졌다고 생각했어요. 그게 병원에서 준비한 게 아니고 유메에서 보내온 거였어요?"

찬주는 아직 음식이 유메에서 오는 것인지 모르고 있었던 모양이다. 어차피 병원 밥도 보통의 병원 밥처럼 나오는 것이 아니고 잘 나오는 편이어서 몰랐을 수도 있겠구나 생각했다.

"응, 앞으로도 퇴원할 때까지는 유메에서 가지고 올 거야."

"병원 밥도 나쁘지는 않았는데······."

"배고플 텐데 수련이 이리 주고 저녁 먹어."

"방금 밥 먹어서 이제 트림만 시키면 돼요."

찬주는 나에게 수련이를 넘겨주며 말하고는 음식이 준비되고 있는 탁자에 앉았다.

수련이는 처음 태어났을 때 붉은색이었던 피부가 언제 그랬냐는 듯 맑다 못해 백옥같이 투명한 피부를 가진 아이로 바뀌어 있었다. 쭈글쭈글했던 피부도 탄력을 되찾아서 내가 알고 있던 부들부들한 아기 피부가 되었다.

수련이는 내가 양손을 편 상태에서 위아래로 하면 손안에 다 들어올 정도로 작았는데, 아직 눈도 못 뜨고 있는 모습을 보니 너무나도 귀엽고 사랑스러웠다. 그런 아이를 안아서 나의 어깨에 걸치고는 등을 살살 두드려 주어서 트림을 할 수 있도록 유도했다.

3분 정도 두드리고 있으니, 아이가 '꺽' 하면서 작은 목소리로 트림을 했다.

"아이구, 우리 수련이 트림 다 했어요? 아이, 예쁘다~."

트림을 끝마친 아이를 품에 안고 얼굴을 보면서 말을 했다. 아직 태어난 지 며칠 되지 않아서 눈을 겨우겨우 뜨긴 하지만 초점도 없고 거의 감고 있었다. 그런 모습마저 귀여워서 말을 하니 밥을 먹고 있던 찬주가 이야기했다.

"오라버니, 진짜 수련이 앞에서는 다른 사람인 거 아세요? 작년부터 조금 바뀌는 거 같기는 했는데, 수련이가 생기고 나니까 완전히 다른 사람이 되신 거 같아요. 제가 아는 그 오라버니가 맞는 거죠?"

"하하……."

그녀의 말에 조금 머쓱하기는 했으나 어쩔 수 없었다. 딸내미가 사랑스럽게 느껴지는 걸 내가 막을 수 있는 것도 아니었고, 내가 바뀔 마음이 없어서 다른 사람이 적응할 수 있도록 내버려 두기로 마음먹어 별다른 대꾸를 하지 않았다.

"고종 황제께서도 생전에 덕혜 고모님이 태어나시고 나서 고모님께 모든 사랑을 주셨다고 하시던데, 핏줄은 어디 가지 않는 거 같네요."

찬주는 이우 공의 친할아버지인 광무제와 비교하면서 말했다.

"수련아, 어머니가 수련이만 좋아한다고 질투하는가 봐~. 어떻게 해야죠~?"

"제, 제가 언제요!"

아직 말은커녕 수련이라는 게 자신을 뜻하는지도 모르는 아이는 나의 소리에 반응하는 것인지 머리를 나의 방향으로 한 채 입꼬리를 올려 미소를 지으려고 노력했다. 그래 봤자 입 끝이 살짝살짝 움직이는 정도지만, 그 정도만 해도 내가 보기에는 누구보다 예쁜 미소로 보였다.

"찬주야, 이것 봐. 웃는 거 봐."

"어휴~ 벌써 팔불출이시네요."

수련이가 입꼬리를 들썩여서 웃는 것을 찬주에게 보여 주었지만, 그녀의 생각은 나와는 다른 것 같았다.

찬주가 밥을 다 먹을 때까지 수련이를 봐 주려고 했는데, 수련이는 수유한 지 30분도 되지 않아서 배가 고픈 것인지 찡얼거리면서 울었다.

"벌써 배고픈가 보네요. 이리 주세요."

찬주는 그렇게 말을 하고는 나에게서 아이를 받았다.

내가 없을 때는 미리 뽑아 놓았던 수련의 유모가 찬주 옆에 붙어서 그녀가 쉬고 밥을 먹을 수 있게 도와주고 있었으나 지금은 내가 와서 밖에서 대기하고 있었다.

일본으로 와서 찬주와 처음 합방을 했을 때는 그녀의 몸매와 가슴이 성적인 느낌을 주었었는데, 지금 수유를 하는 찬주의 모습은 성적인 느낌보다는 성스러운 느낌을 주었다.

"오라버니도 저녁 못 드셨을 텐데, 식사하세요."

수유하는 찬주의 모습을 넋 놓고 바라보고 있으니 찬주가 나에게 말했다. 그녀의 말에 그제야 정신이 들어서 내 몫으로 준비된 밥을 먹었다.

"청이는 언제부터 잠들어 있는 거야?"

"1시간 정도 된 거 같아요. 간호사 누나들이랑 노는 게 재미있는지 간호사실에 가서 온종일 놀고는 간호실에서 잠들어서 여기 데려다 놓은 거예요."

청이는 성격이 좋은 것인지 처음 보는 사람들과도 잘 인사를 하고 금방 친해졌다.

그런데 지금 잠들어 있다 나중에 갈 때쯤 일어나면 재앙이라는 생각이 문득 들었다. 그렇다고 지금 깨울 수는 없어서 그냥 포기했다.

안 좋은 예상은 왜 언제나 맞아떨어지는 것인지, 밤이 늦어서 집으로 돌아가려고 들어 올렸더니 그제야 깨어나서 집으로 안 가겠다고 버티기 시작했다.

"정말 안 갈 거야? 아버지 혼자 간다?"

"아부지, 미워! 안 가! 엄마랑 살 거야!"

한참을 실랑이하자 찬주도 이미 포기한 상태였고, 우리의 큰 소리에 찬주 품에 안겨 있던 수련이가 놀라서 울음을 터트렸다.

"봐 봐, 청이 때문에 동생이 울잖아. 이제 오빠도 되었으면서 이렇게 아기처럼 고집을 부리면 되겠어요, 안 되겠어요?"

내가 청이를 설득하는 것보다는 찬주가 하는 게 나을 것 같아서 울고 있는 수련이를 급히 넘겨받았다. 그러자 찬주가 청이를 설득하기 위해서 말을 했다. 평소에는 말도 잘 듣고 착한 아이라고 생각을 했는데, 어제의 일도 있고 해서인지 오늘은 자기주장을 굽히지 않았다.

30분 정도 설득하였지만 되지 않아서 그냥 나나 유모가 둘러업고 가야 하나 생각하다가 결국 아이에게 항복 선언을 하고 말았다.

다음 날 대학교에 수업이 있어서 학교를 가야 하면 어떻게 해서든 집으로 돌아갔겠지만, 내일은 휴일이었다. 그래서 찬주가 아이에게 다음부터는 절대 이러지 않는다는 약속을 받고 나서 오늘 하루만 이곳에서 자기로 했다.

내가 이곳에서 잔다고 하자 병원에 비상이 걸렸다.

내가 누울 수 있는 침대를 수배해 가지고 오려고 했는데, 그런 그들을 물리고 그냥 보호자용 침대로 놓여 있는 작은 침대에서 잠을 청하기로 했다. 내가 자기 위해서 침대가 들어오거나 하면 병실이 또 어수선해질 거 같아서 거절한 것이다.

나 혼자 보호자용 침대에서 자고 청이는 찬주의 침대에 같이 올라가 자기로 했다.

온 가족이 이렇게 같은 방에서 잠을 자는 것은 오랜만이었다.

불이 꺼지고 월광이 들어와서 보이는 천장을 바라보면서 말을 꺼냈다.

"청아, 아직도 아버지가 미워?"

"응……. 아니!"

"아까는 밉다고 했잖아."

"내가 언제? 난 아부지도 좋고, 어머니도 좋고, 동생도 좋아."

청이의 이런 대답에 녀석 때문에 속상해하고 화를 냈던 내가 이상해지는 기분이 들었다. 그러나 어쩌겠나, 아들이고 어린아이이니 어른인 내가 참아야지.

청이의 대답에 황당한 것은 나뿐만 아니었는지 어둠 속에서 찬주의 웃음소리도 잔잔하게 들렸다.

"그래, 우리 청이는 아버지 좋아하지?"

"응!"

"그럼 가서 한번 안아 드려."

청이는 그 말을 듣자 누워 있는 침대에서 굴러 그 침대보다 약간 낮은 보호자용 침대로 고개를 빼꼼 내밀었다.

청이에게 내가 손을 내밀자 나에게 안겨 왔다. 나보다는 약간 높은 녀석의 체온이 느껴지자 이런 아이에게 화를 낸 나 자신이 한심해졌다.

"청아, 당분간은 어머니가 동생 때문에 병원에 있어야 하니까, 오늘만 여기서 자고 내일부터는 다시 집에 가서 자자. 괜찮지?"

"응……."

내가 청이의 눈을 바라보면서 이야기하자 아이는 한참을 고민하는 것 같더니 조용하게 대답했다.

※※※

원래대로라면 오늘 퇴원한 찬주가 기다리고 있는 집으로 바로 돌아갔겠지만, 아침에 유메에서 학교를 마치고 잠시 들러 주시기를 바란다는 전갈이 와서 유메로 향했다.

유메로 들어가자 마담이 내가 도착했다는 것을 알고 밖으로 나왔다.

"전갈이 와서 오긴 했는데, 무슨 일로 그러는 것인가?"

전갈에는 내가 잠시 들러 주기를 바란다는 말만 있고 다른 말은 없어서 무슨 일인가 싶어서 물어봤다.

"오늘 마마께서 퇴원하신다는 말씀을 들었습니다. 마마님께 드리기 위해서 주문하였던 좋은 전복과 미역이 조금 늦게 도착을 하여서, 가지고 가서 드시라고 준비를 해 놓았습니다. 저희가 더는 식사를 준비하지 않아서 폐기할까 하다가, 품질이 매우 좋아서 무례를 무릅쓰고 부탁을 드렸습니다, 전하."

마담은 죄송하다는 듯 고개를 숙이면서 말했다.

'이런 것이라면 그냥 사람을 통해서 집으로 보내도 괜찮을 텐데……'라고 생각하는데, 부피가 큰 미역을 운전사가 옮겨서 차에 실었다.

한데 그녀가 전복이 담겨 있는 작은 상자를 나에게 건네줄 때 그녀가 나를 이곳으로 부른 진짜 이유를 알 수 있었다. 상자를 주면서 아래로 편지 한 장을 건네주었다.

어제 편지가 도착해서 나에게 전할 방법을 고심하다가 이 방법을 생각해 행동한 것 같았다.

"이렇게까지 챙겨 주니 정말 고맙네. 찬주가 외출이 가능할 정도로 몸이 좋아지면 유메에 한번 오도록 하겠네."

"감사합니다, 전하."

내가 받은 전복 상자 역시 운전사에게 주어서 챙기도록 하고 편지만 가지고 있던 가방 속으로 집어넣었다.

이게 오늘 도착을 해서 때마침 편지를 전할 수 있었던 것인지 아니면 없었던 물건을 구해서 핑계를 만든 것인지는 알 수 없었으나, 마담의 행동에 고마워하면서 집으로 돌아왔다.

집으로 돌아와 찬주와 청이, 수련이까지 모여 있는 부부 침실로 가서 인사를 하고 나서 서재로 갔다.

서재에 들어가서 오늘 했던 수업 자료들을 정리하고 있자 시월이가 문을 두드리고 안으로 들어왔다.

"이곳에서 보는 게 그리 오래되지 않았는데, 정말 오래간만인 거 같구나."

"그러하옵니다. 전하."

나의 말에 시월이는 작은 미소를 지으며 대답하고는 다과상을 내려놓고 서재를 나갔다.

그녀가 가져다준 과자 하나를 입안으로 넣고는 유메에서 가지고 온 편지를 펼쳐 보았다.

편지는 미국의 윤홍섭한테서 온 것이었다. 매달 정기적으로 오는 편지가 올 날이 아닌데 온 것이라 혹시 무슨 일 생겼나 싶어서 급히 편지의 내용을 읽어 내려가기 시작했다.

전하, 지난번에 보고드렸을 때와 같이 미국에서의 일은 큰 문제 없이 잘 진행되고 있습니다.

책의 경우에는 소량의 판매가 있기는 하였으나, 아직 시장의 반응은 없는 상태입니다.

하와이의 교민들을 설득하기 위해서 지금 북미한인회의 사람 중 일부가 가서 노력하고 있습니다. 여러 정보원이 많은 자료를 수집하였는데, 그 자료는 후에 정리하여서 보내 드리도록 하겠습니다.

오늘 이렇게 급히 편지를 올린 이유는 미국 국회에서 소기의 성과가 있었기 때문입니다.

지난 연말에 미국 상원(United States Senate) 외교위원회 주최로 열렸던 파티에 제가 초대돼서 참석을 하였습니다.

그는 아직 정식 외교사절도 아니다. 아니, 애초에 지금 한반도에 있는 독립운동 세력 중에서 세계적으로 정상적인 정부로 인정을 받는 곳은 단 한 곳도 없었다. 그런데 그가 미의회, 그것도 외교 인사들만 참석하는 곳인 외교위원회가 주최한 파티에 참석했다는 것에 신기해하면서 글을 계속 읽어 나갔다.

외교위원회 주최의 파티에 참석할 수 있었던 것은 전하께 지시를 받아서 작성한 책을 읽은 Harry S. Truman이라는 사람 덕분입니다.

그는 미 상원의원이 된 지 5년이 지난 사람으로 내년에 재선을 치러야 하는 입장입니다. 워싱턴 정가에서 보면 이제 막 정치인으로서 자리를 잡기 시작한 인물로 분류됩니다. 아마도 내년도 선거가 어떻게 되느냐에 따라서 이 사람의 입지도 달라질 것 같습니다.

국민적으로 인지도가 있는 인물은 아니나, 민주당 소속의 판사 출신 상원으로 원내 평가도 나쁘지 않은 인물입니다.

그는 현재 상원 외교위원회의 위원으로 활동하고 있는데, 책을 인상 깊게 읽어서 파티에 참석해 이야기했으면 좋겠다는 제안을 해 제가 참석하게 되었습니다.

파티에서는 전하께서 적어 주신 전 세계 전세를 읽고 가서인지 그가 물어보는 말에 잘 대답할 수 있었습니다. 그 덕에 그에게 좋은 인상을 남겨 준 것 같습니다.

그곳에서 다른 상원의원들과도 안면을 텄는데, 그들이 앞으로 좋은 인맥이 될 수 있을 거 같습니다.

그의 편지를 읽으면서 그가 잘해 주고 있는 거 같아서 다행이라는 생각이 들었다.

다른 곳도 아니고 미국의 주요 정책에 관여하는 상원에 인맥이 생긴 것은 나도 생각하지 못한 엄청난 일이었다.

그에게 책을 맡기면서 앞으로 2년 정도의 대략적인 2차대전 정세와 추축국들의 팽창에 대해서 적어 놓은 것이 잘 사용된 거 같았다.

편지를 읽고 나서 거기에 쓰여 있는 외교위원회 소속이라는 의원의 이름을 가만히 살펴보았다. 어디선가 들어 본 적이 있는 이름이었다.

'해리 S 트루먼, 해리 트루먼, 해리 S, 트루먼, 트루먼? 리틀 보이Little Boy의 트루먼!'

만약 이 사람이 내가 알고 있는, 일본에 '리틀 보이' 폭격을 승인하여서 2차대전을 마무리한 대통령이 맞는다면 엄청난 대어를 낚아 올린 것이다.

지금의 트루먼은 아직 권력의 중심에 있지 않은 인물일 것이다. 하지만 그와 친해지게 되면 후에 있을 독립전쟁에서 우리가 국제적인 국가승인을 얻을 때 엄청난 도움이 될 것 같았다.

그리고 그와 친해지기에 지금이 적기였다. 아직 미국 정가의 중심에 있는 인물은 아니었기 때문이다.

윤홍섭에게 답장을 보내기 위해서 바로 편지지 한 장을 꺼냈다.

일단 그에게 지금 미 상원과 하원의 전체 의원들의 명단을 보내도록 했고, 트루먼에 대해서 조금 더 면밀히 조사하도록 지시했다. 그의 성격, 정치관을 비롯하여 지금의 세계정세를 어떻게 보는지, 미국에 대한 생각은 어떤지, 루스벨트는 반공 노선이 아닌데 그는 반공 노선인지, 또 루스벨트에 대해서 어떻게 생각을 하는지까지 조사하도록 한 것이다.

쉽지 않은 조사지만 우리와 접점이 생긴 인물을 조사해 이용할 수 있다면, 그보다 더 좋은 게 없었다.

특히 그와의 인맥은 그가 초대를 함으로써 시작되었으니, 우리가 의도적으로 접근하였다는 인상을 주지 않을 수 있어서 더욱 좋다고 판단됐다.

윤홍섭에게 보낼 편지를 전부 작성한 뒤 편지 봉투에 넣어서 봉하고 얼마 지나지 않아서 시월이가 서재로 들어왔다.

　그녀는 평소처럼 다과상을 치우기 위해서 들어온 것일 뿐인데, 마침 내가 편지를 다 작성한지라 바로 편지를 전해 주었다.

　시월이가 없는 2주 동안 나름 힘이 들었다. 그래서 이렇게 편하게 편지를 줄 수 있다는 것에 감사했다.

⁂

　추웠던 날씨가 조금씩 풀리고 4월 개학 전 마지막 방학 기간을 집에서 아이들과 여유롭게 보내고 있었다.

　대외적으로 유럽에서는 소위 '행복한 시간'이라고 불리는, 추축국이 영국을 제외한 서유럽 점령이 끝나 내실을 다지는 시기가 끝나 가고 있었다. '행복한 시간'이 끝이 나 가는 이유 중 하나는 미국에서 발의되었던 랜드리스법(무기대여법)이 역사와 똑같이 3월에 통과되었기 때문이다.

　미국이 본격적으로 전략물자들을 연합국에 지원하기 시작했고, 대서양과 태평양에서는 독일의 U보트와 직접 전투까지 하는 상태였다.

　아직 미국이 공식적으로 연합국의 일원으로 전쟁에 참여한 것은 아니었지만, 본격적으로 지원을 시작해 이전과 같이 추축국이 우세한 전쟁은 아닐 것이란 전망이 나오기 시작했다.

나는 여느 때와 똑같은 일상의 연속이었다. 물론 동경 별저에만 있다고 아무것도 하지 않은 것은 아니었다. 조선, 중경, 모스크바, 하얼빈, 샌프란시스코, 워싱턴에 있는 사람들과 꾸준히 편지를 주고받으면서 차근차근 전체적인 밑그림을 그리고 있었다.

"이제는 내 얼굴을 보고 웃네?"

수련이는 아직 몸은 많이 자라지 않은 것 같은데, 손발에 조금씩 힘도 생기고 목에도 힘이 들어가서 이제는 목을 받쳐 주지 않아도 자신이 잘 지지하고 있었다.

처음에는 눈을 제대로 뜨지 못해서 나와 눈을 마주치지도 못하더니, 어느 정도 자랐다고 눈을 맞추고 가끔 웃음까지 지어 줬다.

"이상하게 오라버니가 안고 있으면 웃음을 짓네요. 저나 유모가 안고 있을 때는 한 번도 보여 준 적이 없는데."

오랜만에 날씨가 좋아서 마당의 탁자에 앉아서 차를 마시던 찬주가 나의 말에 대답했다.

"아빠를 알아보는 거지."

"아직 수련이 자기 이름인지도 모르는 아기에게 무슨 아빠예요. 최소 백일은 지나야지 낯가림도 하고 사람도 구분하지, 지금은 그냥 눈앞에 검은 물체가 왔다 갔다 하는 거랑 같은 거예요."

"칫……. 우리 수련이는 아빠를 알아보고 웃는 거예요, 그
치~? 어이쿠 예쁘다~."

아기는 내 목소리를 듣고는 또 웃음을 지으면서 맑은 목소
리를 냈다.

"오늘은 다들 나와 계시네요?"

남자의 목소리에 뒤를 돌아서 보니 히로무가 서 있었다.

"어서 오세요, 히로무 대위님."

"그간 평안하셨습니까, 공비 전하."

찬주는 히로무의 인사에 웃음으로 화답해 주었다. 마당에
서 이제 막 올라오기 시작하는 풀들을 괴롭히고 있던 청이
가 히로무를 발견하고는 아슬아슬해 보이는 뜀박질로 뛰어
왔다.

"삼촌이다! 삼촌!"

"우리 조카님은 오랜만에 만나도 씩씩하네?"

"응! 언제나 씩씩해, 나는! 헤헤."

청이는 히로무의 팔에 앉은 채로 자신의 허리에 손을 가져
가 가슴을 펴면서 대답했다.

청이는 히로무가 올 때마다 항상 자신의 선물이나 먹을 것
을 사 와서 좋아했다. 평소에 대화하는 것을 보면 코드가 잘
맞는 것인지, 아니면 히로무가 잘 맞춰 주는 것인지 재미있
어하는 것을 볼 수 있었다.

"여긴 어쩐 일이야? 히로시마로 파견 갔다고 들었는데."

얼마 전 히로시마의 군수공장에서 사회주의자들이 중심이
되어서 노동단체를 결성해 파업을 주도한 일이 있었다. 그
일을 조사하기 위해 정보부 소속인 히로무가 담당자로 파견
을 나갔다고 들었었다.

"그쪽 일 끝나고 이제 돌아오는 거야. 오는 길에 너한테
줄 것도 있고 해서."

지금 주위에는 나와 우리 가족밖에 없어서인지 히로무는
말을 편하게 했다. 찬주도 히로무가 나에게 그렇게 말하는
것을 잘 알고 있어서인지 별다른 말을 하지는 않았다.

"줄 것?"

무엇인지 궁금해서 물어보자 그가 눈짓으로 안으로 들어
갔으면 하는 듯한 제스처를 취했다.

"찬주야, 나 먼저 들어갈게. 수련아, 이따가 봐~. 여기서
잘 놀고 있어~. 청이도 잘 놀고 있고."

"네!"

수련이를 찬주에게 넘겨주고 나서 청이에게 말을 하자 녀
석이 씩씩한 표정으로 한 손을 들면서 대답했다.

히로무와 함께 서재로 올라가면서 그가 가져온 정보
가 무엇인지 추측을 해 보았지만, 마땅히 떠오르는 게
없었다.

지금 이 시기에 세계적으로 특별히 벌어지는 큰일은 거의

없었다. 이우의 기억 속에도 딱히 일이 있지는 않았다.

방 안으로 들어와서 소파에 앉자 히로무가 나에게 작은 종이 한 장을 내밀었다.

그 종이에는 한 장 빼곡히 사람들의 이름이 적혀 있었고, 그 사이에 '긴자 유메의 마담'이라는 글자도 눈에 들어왔다.

'히로무는 유메에 대해서 알지 못할 것인데 어떻게 여기에 유메의 이름이 있는 것일까?'

무슨 일인 것인지 설명을 바라는 눈으로 히로무를 바라봤다.

"지금부터 내가 하는 말은 정보부 내부에서 언급이 통제된 사안이야. 여기 있는 이름 중에 아는 사람은 없지?"

히로무의 말에 대충 넘겼던 이름들을 차근차근 살펴보았지만, 아는 이름은 없었다. 아는 단어는 '긴자 유메의 마담' 딱 하나였다.

그 마담의 본명은 나도 모르기 때문에 유메 마담이라고 적혀 있지 않고 이 이름 중에 섞여 있었으면 알지 못했을 가능성도 있었다. 하지만 유메의 마담은 마담이라고 적혀 있어서 단번에 알아볼 수 있었다.

"이름은 없고 유메의 마담만 유일하게 내가 아는 사람이야."

내가 모르는 이름들이어서 사실대로 히로무에게 말했다.

"그럴 줄 알았어. 최근 들어서 네가 긴자의 유메에 자주 출입했다는 정보가 정보부로 들어왔어."

"그랬지. 아내가 출산했을 때 음식도 그곳에서 조달했으니까."

"그리고 그곳에서 독립운동가들과 연락도 했을 테고."

직설적으로 물어 오는 히로무의 말에 긍정도 부정도 하지 않고 가만히 있었다.

"사회주의자들이 일으킨 히로시마 노동운동 조사 과정에서 다수의 조선인 유학생들이 관여한 정황이 나왔어. 이미 관련자들 대부분은 체포를 완료했고, 도망간 잔당만 추적해서 체포하는 과정에 있어."

"그게 나와 관련이 있다?"

이번 노동운동은 나와 전혀 관련이 없으므로 물어보았다.

"아니, 그들과의 직접적인 접점은 나오지 않았지. 그 부분은 나도 충분히 알고 있어. 그런데 이 운동을 했던 유학생들이 사용한 자금 중 일부가 여기 유메에서 나온 거야. 그래서 유메를 조사하던 중에 다른 곳에서 들어온 정보로 최근에 네가 유메에 자주 출입한 기록이 나온 거지."

이야기를 듣는 순간 인상을 쓰게 됐다.

자금의 일부가 유메에서 나왔다고 했다.

내가 유학생을 지원하여서 자금을 준 경우는 여운형을 통해서이기 때문에 자금을 전달한 곳이 유메이더라도 그게 유메에서 나왔다고 판단하기에는 힘들다.

그렇다는 것은 유메에서 직접, 아니면 아버지 의친왕의 지시로 일본의 조선인 학생들을 지원했다는 것이 가장 가능성이 높아 보이는 상황이었다.

"상황은?"

"공식적으로는 다들 조사 중이라 정해진 거는 없어."

정보부가 하는 수사에서 공식적이라는 것은 의미가 없었다. 보통의 정보부가 정보를 모으는 것을 주로 한다면, 이들은 육군을 위해서 도움이 되지 않는다면 사건을 기획해서 거기에 맞춰서 수사를 하는 형태였다. 말 그대로 없는 죄도 만들어서 씌우는 곳이었다.

"비공식으론?"

"학생들은 대부분 단순 참가로 분류해서 강제 노역. 그중에서 간부급들은 구속 이후 강제 노역 그리고 총살. 유메의 경우에는 유메가 어떻게 나오느냐에 따라 다르겠지만, 그들이 유학생들의 유학을 위해서 장학금식으로 지원했다고 주장을 하게 되면 무죄가 나올 거야. 하지만 그 이후에 영업장은 조용히 폐쇄되겠지."

히로무의 말을 듣는 순간 왜 과거 이우의 기억 속에 유메가 없었는지를 짐작할 수 있었다. 유메는 온전히 이우만을 위해서 만들어진 공간이라고 보기에는 힘들었다. 다른 독립운동가들도 이용할 수 있게 만든 공간이었는데, 과거에도 이 일로 폐쇄되어서 이우가 본격적으로 독립운동에 뛰어드는

43년도에는 존재하지 않았던 거 같았다.

"그럼 유메 사람들은 괜찮은 거야?"

"대부분이 단순 노동자들이라 별문제 없이 풀려나겠지만, 마담의 경우는 고문 이후에 없는 죄를 만들어서 총살하겠지. 어쨌든 정치범하고 연관되었고, 그들에게 알든 모르든 돈을 지원했으니까."

히로무는 별다른 감정 없이 말했다. 내가 이우가 되고 나서 그의 입으로 조선인들을 죽인다는 말은 처음 듣는 것이었지만, 이미 이우 공의 기억 속엔 이런 경우가 몇 번 있었다.

정보부가 하는 일이었고 또 앞으로 계속해서 남아서 정보를 캐내기 위해서는 해야 하는 일이었으나, 막상 들으니 기분이 좋지는 않았다.

"마담을 살릴 방법은 없는 거야?"

그에게 말하지 않았던 부분을 다 알려 주더라도 혹시 구할 수 있는 방법이 있다면 구하고 싶었다.

"말은 못 해 주는 거야?"

이미 짐작을 하고 온 것인지 나의 말에 놀라거나 하지는 않았다. 잠시 고민을 하다 어차피 그도 나와 함께 가는 사람이니 굳이 이 상황까지 와서 비밀로 할 이유는 없다 생각하였다.

"유메는 의친왕 전하께서 만들어 놓은 곳이야. 마담은 내 친어머니의 사가에서부터 우리 집안일을 봤던 사람이야."

"연관이 있었던 거네."

"나도 알게 된 지는 얼마 안 됐어. 작년 여운형이 왔다 갔을 때 기억나지? 그때 아버지를 통해서 알게 됐어."

"1년도 채 안 됐네. 사실 마담의 경우는 처음에 이야기했던 대로 모르고 했다는 식으로 하면서 자진해서 가게를 정리하고 조선으로 돌아간다면 목숨은 건질 수 있어."

쉽게 말하는 히로무 때문에 순간 어이가 없었다.

"그런 거면 여기까지 안 와도 되는 거 아니었어? 어차피 네가 상황을 아는 거 같은데, 네가 알아서 처리를 해 주지. 그 이후에 와서 결과만 이야기해도 괜찮잖아."

심각한 내용이라 마음이 많이 쓰였는데 허무해서 한숨을 내뱉으면서 히로무에게 말했다.

"사실 그 문제만 걸려 있었으면 내가 대충 처리해도 됐을 텐데…… 그것보다는 다른 것 때문이야."

"다른 것?"

히로무가 나에게 다른 종이 한 장을 건넸다. 그 종이에는 내가 유메를 출입한 시간과 동시에 가서 밥을 먹은 사람들이 나와 있었다.

내가 그 안에서 만난 사람들에 대해서는 나와 있지 않았는데, 두 명에 대해서는 이름까지 나와 있었다.

"윤동주, 장준하……."

그들의 이름을 입으로 되뇔 수밖에 없었다.

"정보부의 입장으로 말해 줄까?"

히로무가 주머니에서 담배 하나를 꺼내 불을 붙이면서 말했다. 나의 서재이기는 해도 방문객을 위해서 재떨이가 준비되어 있어서 담배를 피울 수 있었다.

"말해 봐."

"조선인 유학생들이 폭동을 주도했다. 그 유학생 중에서 일부가 유메라는 요정집에서 나온 돈을 지원받아서 학교에 다녔다. 유메에서 폭동을 일으켰던 유학생들과 같은 기독교 공부 모임을 했던 조선인 유학생 두 명과 이우 공이 같은 날 같은 시간에 밥을 먹었다. 그리고 그 두 유학생은 미국으로 떠났고, 다른 유학생들은 히로시마에서 폭동을 일으켰다."

실제 현실과는 조금 다르고, 내가 히로시마의 일을 사주한 것은 아니지만, 정황상 내가 사주를 했다고 일을 만들 수 있는 상황이었다.

"사실이 아냐! 두 유학생을 만난 것은 사실이고 그 두 학생을 미국으로 보낸 것도 내가 맞지만, 그들에게 주문한 것은 미국에 가서 공부하라는 것이었어. 나라가 독립을 하고 나서 가장 부족하고 필요로 하는 게 인재니까. 제대로 된 정치를 할 수 있는 정치가, 대중을 계몽시키고 이끌 수 있는 교육자, 그런 교육자와 정치가의 타락을 막고 그들의 권력을 견제할 수 있는 언론인. 내가 그들을 미국으로 보낸 이유는 그런 인재로 보여서 키우기 위해서이지 그들에게 위험한 운동을 하라고 한 건 아니야."

"나도 그럴 거라 생각했어. 결국 우연히 말려든 거군."

"이것 때문에 이곳에 온 거구나."

"일단 이 문제는 내가 막아 놨어. 그 윤동주와 장준하가 유메를 갔던 기록은 내가 삭제했어. 그래서 너와 연관이 되는 일은 없을 거야."

"다행이네."

"그리고 다른 부분도 대비를 해야 해. 이 서류는 정보부에서 수집한 내용이 아니라 위에서 내려온 거야. 어디서 온 것인지는 알 수 없지만, 어쨌든 너의 모든 일거수일투족이 드러나 있어. 하야카와일까?"

그가 꺼낸 서류에는 내가 유메에 출입한 시간 같은 것이 적혀 있었다.

"아니야, 그라면 이 정도로 정확하지 않아. 나와 따로 있는 경우도 있었고, 여기 이 부분, 이때는 내가 학교에서 병원으로 가면서 들른 거기 때문에 집에 있었던 하야카와가 정확한 시간을 알 수는 없어. 나와 동행을 한 사람은 운전기사뿐이야."

"새로 온 운전기사?"

"어. 그런데 그게 또 이상한 게, 그 운전기사는 온 지 2달밖에 되지 않았어. 그 이전의 방문은 다른 사람이 알려 줘야 하는데……. 그때의 운전기사와 다른 사람이라……. 그가 한

게 맞을까? 이 서류에는 두 달 이전의 기록도 존재하잖아."

새로운 기사가 온 것은 찬주가 출산을 하고 나서인 두 달 전으로, 그 전에 있던 기사는 지병을 이유로 그만둔 상태였다.

"운전기사에 대해서는 내가 따로 조사해 볼게. 일단 내부 인물로 의심되는 사람은 운전기사뿐이고 하야카와가 지시해서 했을 가능성도 있겠지?"

"배제하지 말고 조사해 줘. 하야카와가 나를 감시하고 있는 것은 알고 있지만, 이런 식으로 나의 예상을 벗어나는 인물이 나오면 피곤해지니까 잘 조사해 줘. 제거는 못 하더라도 모르고 당하지는 않아야지."

모르는 사람이 나를 감시하고 있다면, 나의 행동에 더욱 제약이 걸린다. 그 대상을 알고 있는 것과 모르고 있는 것의 차이가 커서 누구인지, 배후가 누구인지도 알고 있어야 했다.

"유메를 통해서 한동안 편지를 주고받았던 적이 있어."

이야기를 마치고 서류를 정리하고 있는 히로무에게 이야기했다. 이 이야기를 해야 하나 말아야 하나 고민을 하다가 후에 조사하는 과정에서 이런 게 툭 튀어나오게 되면 히로무를 더욱 당황스럽게 만들 수 있다고 생각되어 일단 모든 정보를 주기로 마음먹었다.

"편지?"

"외국에 있는 사람들과 주고받은 편지. 유메를 통해서 주고받은 거는 미국, 중경, 조선이 끝이야. 내용도 필요해?"

"아니, 우리 일에 관련된 거였을 테니까 필요 없어. 언제쯤?"

"1월 6일부터 3주."

히로무는 내가 하는 말을 주머니에서 수첩 하나를 꺼내 적기 시작했다.

"조카님이 태어났을 때네."

"어, 평소에는 시월이를 통해서 주고받았는데, 찬주가 출산해서 시월이가 산후 조리 도와준다고 내 일을 봐주지 못했으니까."

"일단 이런 부분들은 내가 가지고 있는 자료에는 없는 이야기들이니까 나만 알고 있을게."

"그리고 유메에서 만났던 사람들에 대해서도 필요해?"

"그곳에서 유학생 말고도 더 만났던 거야?"

"여러 명."

"아니, 명단은 필요 없어. 이건 내가 알고 있으면 더욱 위험하고 부자연스러워질 수가 있겠네. 일단 오늘은 여기까지 하고 가 볼게. 최소한 이 위협의 출처가 누군지 판단이 설 때까지만이라도 편지도 주고받지 않는 게 좋을 거 같아. 감시자가 누군지 알지 못하는 상황에서 움직이는 건 너무 위험해. 시월이에게도 그렇게 말을 해서 움직이지 않도록 하는 게 좋겠어."

히로무의 말에 나도 동의하고 고개를 끄덕였다. 그의 말은 충분히 일리 있었다.

"일이 길어져서 각지에서 활동하고 있는 사람들과 내가 장시간 연락이 닿지 않으면 그들이 일을 진행하는 데 힘들어질 수도 있으니까, 마지막으로 각 곳에 편지를 보내는 건 괜찮을까?"

"일단 최대한 조심스럽게 해. 지금 의심스러운 사람인 운전기사와 하야카와 그리고 유메의 사람을 통해서는 전달하지 않는 거라면 괜찮을 거야."

할 이야기가 끝이 났다고 생각했는지, 히로무가 자신이 가지고 온 종이들을 정리하여서 난방을 위해서 테이블 위에 올려놓은 화롯불에 던져 넣어 태웠다.

그가 자리에서 일어날 때 히로무를 살짝 끌어안고 말했다.

"고맙다. 너 아니었으면 큰일 날 뻔했네."

"별말씀을. 이런 일 하려고 내가 있는 거니까."

히로무가 정보부로 보직을 옮긴 이유는 이우 공의 제안 때문이었다. 독립운동을 하고 싶은데 자신을 감시하는 눈들을 감시하고 싶다는 뜻을 히로무가 받아들인 것이었다. 그 덕분에 이런 정보들까지 받을 수 있었다.

히로무가 가자 방 안에서 폐기 가능한 위험한 자료들을 전부 정리해서 태워 버렸다. 이미 중요한 자료들은 연해주와 중경, 미국으로 나눠서 보관하고 있기에 이곳의 자료를 폐기해도 괜찮았다.

당장 내가 보는 것이 문제였지만, 내가 기억을 하는 것을 믿기로 했다.

지금 집안의 누군가가 나를 감시하는 상황이다. 그가 혹시라도 나의 서재에 침입해 정보를 수집하면 위험한 자료들이라 가지고 있지 않는 게 나을 거라 판단했다.

각 지역에서 나와 교감을 하고 편지를 주고받던 사람들이 동요하지 않도록 한동안 연락이 되지 않으리라는 것을 알리고, 향후 1년 정도 그들이 해야 하는 행동들에 대해서 적은 편지를 만들었다.

많은 변수를 가지고 있었지만 그래도 없는 것보다는 있는 게 그들이 행동하기에 좋을 것이다. 물론 돌발 상황에 대해서는 그들이 판단하고 행동할 수 있도록 당부했다.

마지막으로 숨겨야 하는 것이 있었는데, 서재 바닥의 공간에 들어 있는 옥새였다.

대한제국의 다른 국새들은 운현궁에 숨겨져 있지만, 자주 사용을 하는 옥새는 이곳 동경 별저에 있었다.

바닥의 비밀 공간에 있었는데, 책상 아래에 있는 탁자의 위치를 약간 변경하여서 비밀 공간 자체를 열 수 없게 만들었다. 그리고 후에 기회가 생기면 다른 곳으로 옮길 계획을 세웠다.

조봉암에게 보낼 편지를 쓰기 위해서 그가 보내왔던 편지를 폐기하기 전 마지막으로 확인했다.

아직 조봉암과는 많은 편지를 주고받은 것은 아니었는데, 거기서 학교를 나왔다고는 하나 인맥이 많지 않은 편이어서 어쩔 수 없다 생각하고 있었다.

그래도 소련의 공산당 정치인들과 접촉하면서 많은 정보를 모으고 있었다. 그는 그곳에서 일본 제국에 정통한, 공산주의를 지지하는 조선 출신의 일본인으로 행세하고 있었다.

소련의 정치인들 역시 독일과 전쟁을 시작하게 되면서 중립 조약을 맺고 있다고 하나 배후에 독일의 동맹국인 일본을 두고 전쟁을 치러야 하는 부담스러운 상황이라 일본에 대해서 알고 싶어 했다. 마침 그 방면에 전문가들이 많지 않아서 정치인들과 좋은 관계를 만들어 가고 있었다.

소련은 아직 제2차세계대전에 참전한 것은 아니지만, 이미 작년 연말부터 전운이 소련 전체를 감싸 안은 상태였다.

일본과 맺은 일소중립조약을 바탕으로 독일과의 일전을 준비하기 위해서 독일 국경 지역으로 붉은 군대가 집결하고 있었다.

조봉암에게 필요한 정보는 내가 모아서 보내 주고 있었는데, 이 편지를 마지막으로 한동안은 답장을 해 줄 수 없어서 최대한 많은 정보를 적어 넣었다.

이제 얼마 있지 않아 유럽의 추축국과 소련의 전쟁이 시작되면 내가 가지고 있는 정보의 위력이 배가될 것이어서, 전쟁이 시작되기 전에 나의 감시자 정리가 끝나기를 바랐다.

미국의 윤홍섭에게는 이미 많은 지시를 해서 길게는 쓰지 않고, 그가 보내 준 미국 상하원 의원 명단을 토대로 확인한 트루먼에 대한 말을 적었다.

아직 트루먼에 대한 것을 조사한 내용은 거의 없었는데, 대신 윤홍섭이 느낀 점을 적어 보내었다.

전하, 제가 만나 본 트루먼은 성격이 꼼꼼하며 자신의 이야기를 하는 것보다는 들어 주는 것에 능한 사람이었습니다. 보통 미국에서 큰 정치인들로 분류되는 사람들이 가진, 화통하고 직설적인 성격과는 약간 차이가 있었습니다. 굳이 분류를 하자면 그는 장군의 역할보다는 참모의 역할에 어울리는 사람이었습니다. 하지만 짧은 기간 만난 사람이라 아직 정확히 판단하기는 힘듭니다. 참고하시는 용도로만 사용하시고, 후에 조금 더 정확한 자료들을 조사해서 보내도록 하겠습니다.

그래도 윤홍섭이 보내온 명단으로 확인한 것이 있었다. 현재의 국회에는 트루먼이라는 성을 쓰는 다른 사람이 없었다. 그리고 어디선가 읽었던 그의 미들네임 'S'가 약자가 아니고 S 그대로라는 것이 기억나 그가 대통령이 되는 트루먼이라는 것을 확신할 수 있었다.

그는 아직 중앙 정치에서 주류로 분류되는 사람은 아니었다. 정치계에서 지지 기반이나 국민적 인지도가 대통령이 되기에는 약했던 트루먼이 빠른 시간 내에 대통령이 될 수 있었던 건 순전히 루스벨트 덕분이었다. 좋은 방향은 아니고 나쁜 쪽이었다.

지금 미국에서 루스벨트 대통령의 인기는 누구도 따라올 수 없는 상태였다. 작년 1940년에 있었던 선거에서 이김으로써 9년째 대통령직을 수행하는 3선 대통령이었다.

최악으로 치달았던 미국의 대공황에서 경제를 구해 낸 대통령이기 때문에 엄청난 인기를 구가하고 있었다.

그런 그는 45년에 자신이 4선에 당선이 될 것이라는 것을 확신하고 있어 부통령으로 자기 뜻에 반하지 못하고 존재감이 없는 인물을 선택하였는데, 그 사람이 바로 2선 상원의원인 트루먼이었다.

1945년 당시 트루먼은 제2차세계대전 중 상원 전쟁조사위원회장을 맡아서 예산 낭비와 부패 실태를 감독해 150억 달러 이상으로 추산되는 예산을 절약해 인지도가 막 생기는 시기였다. 어떻게 보면 파격적인 선발이었고, 고도의 정치적인 선택이었다.

하지만 전혀 생각지도 않았던 그의 죽음으로 트루먼에게 대통령직이 넘어가게 된다.

난 윤홍섭을 통해 트루먼이 대한제국에 대한 다양한 지식을 가지고 태평양전쟁의 전황에 대해서도 어느 정도 알고 있는 상태에서 대통령이 될 수 있도록 판을 짤 생각이었다.

물론 그가 어떻게 대통령이 되는지는 설명할 수 없었기에 지금의 윤홍섭에게는 트루먼의 머릿속에 조선인들이 꾸준하게 독립운동과 무장투쟁을 하고 있으며 그 성과도 나름대로 내고 있다는 것을 집어넣도록 지시했다. 그리고 미국 같은 자유 진영의 중심 국가가 지원하면 한반도 안에 자유 진영 국가를 세울 수 있다는 것을 새겨 넣을 방법도 생각하기로 했다.

연해주에 있는 곽재우에게는 별다른 지시가 필요하지 않았는데, 이미 연해주의 광무대는 자리를 완벽히 잡은 상태였고 연해주로 유입되는 조선인 피난민들을 꾸준히 모아서 큰 마을을 만들어 가고 있었다.

지금의 만주는 중일전쟁으로 인하여서 거기에 자리 잡고 있던 조선인들이 중국 내륙과 몽골, 러시아로 흩어지고 있었는데, 그중의 대다수는 중국 내륙으로 이동하고 소수가 러시아 방향으로 피난을 갔다. 그리고 그중 일부가 소문을 듣고서 곽재우의 마을로 합류했다.

그의 편지에서 이런 식으로 마을이 커지다 보면 일본이나 러시아의 시선을 끌 가능성이 크다는 이야기를 하였으나, 지금 당장은 방법이 없었다.

조봉암이 조금 더 소련 중앙정부로 다가간다면, 그걸 잘 이용해서 사용 허가나 거주 허가를 받으면 좋을 것이다. 하지만 지금은 양쪽 정부의 시선이 다른 곳을 향해 있어서 큰 일이 생기지 않으면 괜찮을 거라 생각하고 있었다.

그리고 사람이 모이는 만큼 광무대가 커진다는 말이 되었기에 일단 최대한으로 받아들이라고 전했다.

가장 큰 문제는 중경이었는데, 그곳에서 일어나는 일들은 직접 그곳에 있을 수 없어도 내가 직접 결정해야 하는 것이 많았다. 가장 많은 조선의 독립운동가들이 모여 있었고, 그 안에서 많은 권력이 왔다 갔다 하는 상황이었기 때문이다.

결정을 내가 직접 할 수 있으면 좋겠지만, 연락이 닿지 않는 동안의 결정은 성재 이시영 선생에게 부탁했다.

지금 중경의 임시정부에는 과거와는 다르게 여당인 한국독립당 내부에 이시영 선생을 필두로 입헌군주국과 나 이우를 지지하는 세력을 많이 만들어 놓았다.

이건 중경에서 있었던 이시영 선생의 도움도 있었지만, 가장 큰 역할을 한 것은 제국익문사였다.

모든 기반을 정리하고 중경으로 넘어간 제국익문사 사람들이 가장 먼저 한 일은 훈련소를 만드는 것이었다.

각 지역에 있던 지사들을 정리하고 중국에 숨겨 놓았던 비자금을 이용해 훈련소를 운영할 자금을 마련했다.

원래 제국익문사가 만들어진 것은 광무제의 눈과 귀가 필요했기 때문이다. 즉, 정보 수집 단체의 역할만을 했던 것이다. 그러다 융희제를 거치면서 항일 단체로 변모하였다.

그들이 주로 훈련한 것은 요인 암살, 폭파, 요인 경호와 정보 수집이었다. 그래서 정보부대라기보다는 특수 첩보 부대로서의 성향이 더 강했다.

물론 대부분의 요원이 노쇠하여 일선에서 뛰기는 힘든 상태였고, 보통정보원이었던 인물들과 상임정보원이었던 인물들 중에서 나이가 젊은 몇 명만이 작전을 수행할 수 있는 능력을 갖추고 있는 상태였다.

그런 그들에게 내가 준 시간은 3년이었고, 그들은 자신들의 후예들을 키워 내기 위해서 젊은 조선인들을 모았다.

이러한 행동에는 백범 선생의 도움도 있었다.

지금의 임시정부는 광복군을 창설하기는 하였으나 일반 병사가 아닌 간부를 길러 낼 수 있는 교육체계나 시설이 없었다.

광복군 전체에서 제대로 된 교육을 받은 장교는 광복군 사령관으로 대한제국의 무관학교를 거쳐 일본 사관학교를 졸업한 지청천 장군이 유일했고, 고급 간부들은 대부분 신흥무관학교 출신이었다.

그들은 그래도 상황이 나은 편인데, 초급간부들의 대부분은 제대로 된 교육을 받은 적이 없는 군인들이었다.

그런 상황에서 대한제국에서 정식 교육을 받고 현장에서 최소 10~20년 이상씩 활동했던 제국익문사 요원들은 중요한 교관들이었다.

원래 백범 선생은 제국익문사의 인물들이 광복군으로 들어와 주기를 바랐지만, 내가 굳이 나의 기반을 넘겨줄 이유가 없어서 거절하고 협력 관계로 남기로 했다.

여기에는 두 가지 생각이 들어 있었다.

임시정부와 협력 관계로 있으면 그들에게서 인원을 지원받을 수가 있었고, 또 제국익문사의 훈련소를 거쳐서 나온 요원들은 후에 나의 정치적. 물리적 기반이 되어 줄 것이다.

이시영 선생이 이미 인망이 있는 인물이었고, 과거 신흥무관학교를 세워 운영해 신흥무관학교 출신의 독립운동가들의 중심에 서 있었다. 한국독립당과 임시정부 내부에 나의 세력을 빠르게 만들 수 있었던 것은 그런 그가 설득을 한 덕분이었다.

이제 훈련소를 설립하고 1기생들의 교육에 들어간 상황이어서 보고를 하고 지시를 해야 할 사항들이 많았지만, 지금 여건이 되지 않아서 어쩔 수 없이 전체적인 지시 사항을 담은 편지를 작성해 보내는 것으로 끝을 맺었다.

그리고 마지막 편지는 유메의 마담에게 보내는 것이었는데, 지금의 상황을 알려 주고 조사를 받고 나면 모든 것을 정리해 조선으로 들어가라고 했다.

긴자의 요정을 정리한다면 거기서 나오는 자금이 적지 않을 것이다. 괜히 유지해 보겠다고 버티다가 목숨도 잃고 돈도 잃을 수 있어, 손해를 보는 것보다는 후일을 도모하라는 말을 편지에 적어 넣었다.

시월이가 들어와서 내가 작성한 편지들을 한 번에 가져가는 것으로 일을 마무리하고 서재를 정리했다.

서재의 겉모습은 오늘 히로무와 함께 들어왔을 때와 전혀 달라진 것이 없었지만, 그 안에 있던 자료들과 각 지역으로부터 받았던 편지들은 다 파기가 되어서 지금 누군가 이곳에 와서 뒤져 보더라도 발견할 수 있는 것은 잘 숨겨 놓은 옥새 딱 하나였다.

이것으로 무언가를 추측하기에는 너무나도 넓은 범위여서 걱정하지 않았다.

7장

　다음 날부터는 몇 가지 조사를 해 보기 위해서 몸과 머리
는 기억하고 있지만 나 자신은 한 번도 해 본 적 없는 일에
도전했다.

　운현궁 동경 별저와 경성의 운현궁에는 마구간이 있었는
데, 원래의 이우 공이 어린 시절부터 말 타는 것을 좋아했고
즐겨서 일본과 조선에 전부 말을 가지고 있었다.

　물론 나는 한 번도 타 본 적이 없었고 동물 자체를 별로 좋
아하지 않아서 굳이 도전하지도 않았다.

　서스펜션이 좋지 않아서 많이 흔들리고 멀미를 유발하기
는 하지만 나름 편안히 탈 수 있는 차가 있는데 말에 도전하
는 것 자체가 이상한 일이었다.

아침이라 날이 추워서 수련이를 밖으로 나오지 못하게 했다. 결국 찬주와 수련이는 침실에서 작별 인사를 하고 현관으로 나오면서 하야카와에게 말했다.

"하야카와, 오늘은 말을 타고 학교로 갈 것이니 준비하게."

"말 말씀이십니까? 알겠습니다, 전하."

하야카와는 처음에는 당황하는 것 같더니 금방 내가 일본에서 타는 말을 한 필 가지고 왔다.

"오랜만에 타는구나. 잘 부탁한다."

주위 사람들에게는 들리지 않게 말의 얼굴을 잡고 말했다.

기억으로는 이 말을 어떻게 타야 하는지 다 알고 있기 때문에 몸이 기억하기를 바라면서 말에 올라탔다.

크게 걱정을 하지는 않았다.

이전에 이우 공의 취미 중의 하나가 궁도弓道였는데, 머리와 몸이 기억하고 있는 것을 내가 해도 될까 궁금해 동경 별저에 있을 때 몇 번 쏴 본 적이 있었다. 그런데 과거의 이우 공과 크게 다르지 않은 실력으로 쐈었다. 그래서 단지 동물을 타는 자체에 약간의 겁이 있어서 그렇지, 승마 역시도 크게 걱정을 하지 않았다.

말에 올라타자 과거의 이우 공만큼 말을 탈 수가 있었다.

지금의 일본에서 말을 타는 대부분의 사람은 육군의 군인들이었는데, 육군의 상징 중의 하나가 허리에 차고 있는 칼과 승마였다. 이것은 일본 황군 육군이 과거 무사 계급, 일명 사무라이를 대변하는 계층이어서 그랬다.

일본 황군 육군은 육군 제복을 입고 칼을 차고 말을 타는 것을 자랑이자 멋으로 생각했다. 그래서 지금 다니고 있는 육군대학교에도 마구간이 있었고, 실제 말을 타고 등하교하는 생도들의 숫자도 꽤 되었다.

나는 일부러 말을 타고 긴자의 유메 앞을 지나쳐 갔는데, 유메로 들어간 것은 아니었고 그냥 그 앞을 지나쳐서 학교로 향했다.

말을 타고 차가 다니는 동경 시내 한복판을 지나다니는 모습이 처음에는 이상할 거라고 생각했는데, 1차선으로 나가지 않고 제일 가장자리에 있는 차선을 타고 가니 오히려 일본인들의 존경과 부러움의 시선이 한눈에 꽂혔다.

내가 일본 군복이 아니라 대한민국의 군복을 입고 말을 타고 서울을 돌아다니면서 대한민국 국민에게 존경과 부러움의 눈빛을 받았다면 자랑스러워했겠지만, 지금은 21세기도 아니었고 일본의 동경이어서 마냥 기분이 좋지만은 않았다.

✼

감시자에 대해서 알게 되고 나서부터 과거의 행동 패턴과 같은 듯 다르게 행동했다.

말을 타고 학교를 다녀온 다음 날은 차를 타고서 학교에 갔다. 학교에 가면서 운전사에게 유메 앞을 지나서 학교로 가도록 했는데, 유메에 들르지는 않았다.

또 그다음 날에는 다시 차가 아니라 말을 타고 학교에 갔다 하교를 하면서 유메에 들렀다. 타고 간 말을 요정 입구에 매어 두고 안으로 들어갔다.

유메는 나의 편지가 전해졌을 텐데도 아직 정상 영업을 하는 상황인지 밥을 짓는 하얀 연기가 연신 주방의 굴뚝을 통해서 하늘로 올라가고 있었고, 건물 안에서는 직원들이 바삐 움직이고 있었다.

지나가던 직원 중 한 명이 나를 발견해 인사를 하고는 사라졌다. 잠시 뒤 그 직원에게 말을 들은 것인지 마담이 나왔다.

"전하, 연락도 없이 어인 일이시옵니까?"

식사 시간이 아직 조금 남아 있는 상태에서 집으로 돌아가는 길에 내가 들르니 마담이 놀란 듯 물어 왔다.

"아직 영업을 하는 거 같군?"

"그러하옵니다, 전하. 다음 주에 예약되어 있던 손님들에게는 개별적으로 연락하여서 다른 요정으로 안내해 드렸으나, 당장 이번 주 예약을 하신 분들은 변경을 할 수 없어서 정보부에 양해를 구하고 예약되어 있던 연회와 손님만 받기로 하였습니다."

유메가 음식 맛이 괜찮아서 긴자의 고급 요릿집 중에서도 괜찮은 편에 속했다. 그래서 예약도 많이 있었을 거라 생각하니 지금 상황이 이해되었다.

"그래, 조사는 다 받은 것인가?"

"저는 별다른 혐의점이 없어 장학금에 대한 부분을 조사하는 것으로 조사를 끝마쳤다고 들었습니다, 전하."

"그래, 수고했다. 지켜 주지 못해 미안하군."

물론 일이 이렇게 된 것은 내 잘못이 아니었다. 내가 조금 더 챙기고 이런 부분들을 확인했다면 벌어지지 않았을 수도 있었을 것이다. 하지만 미래의 역사에서도 벌어졌을 것으로 예상되는 일이었고, 나의 통제 밖에서 일어났기 때문에 나에게 책임이 있는 건 아니었다. 그래도 미안했다.

"소인이 경솔하여서 벌어진 일이옵니다. 전하께서 이곳을 필요로 하실 때 사용하지 못하게 되어서 송구하옵니다."

"가게가 마지막으로 영업하는 날이 언제인가?"

"일요일에 예약된 작은 연회를 마지막으로 문을 닫을 것이옵니다, 전하."

"그렇다면 나도 가족과 함께 주말에 오도록 하겠네. 가장 좋은 방, 가장 좋은 음식으로 준비해 주게."

유메의 마지막을 함께하고 싶었다. 그리고 나의 일 때문이기도 했지만 어쨌든 찬주가 입원을 했을 때 그녀의 식사를 맛있게 해 주었는데, 마담은 아직 수련이의 얼굴도 못 본 상태였다. 그래서 마담에게 수련이의 모습도 보여 주고, 일본에서의 마지막을 같이하기 위해서 예약을 했다.

원칙대로라면 추가 예약을 받으면 안 되겠지만, 이곳이 없어지는 것을 알고 있는 내가 마지막 날에 한 예약은 나를 감시하는 집단에서도 특별한 것은 아니라고 예상할 터. 그래서 부담 없이 예약을 했다.

"알겠습니다. 그리하겠습니다, 전하."

그날 이후로도 차와 말을 번갈아 타고 학교를 오갔다.

한 날은 항상 오는 방향이 아니라 황거를 기준으로 반대편으로 돌아 신주쿠를 거치는 길로도 왔고, 또 하루는 차를 이용해서 시부야에 있는 일본 과자점에 들러서 과자를 사서 왔다. 또 다른 하루는 말을 타고 가서 신주쿠의 양과자점에서 과자를 사 오기도 했다.

내가 확인과 위장을 하기 위해서 사 오는 과자들을 반기는 사람은 청이었다.

집에도 항상 과자가 있기는 했지만 찬주의 단속으로 마음대로 먹지 못했다. 그런데 내가 사 오는 과자 대부분은 바로바로 만든 생과자여서 바로 먹지 않으면 상할 수 있어 가족과 나눠 먹었다. 그중 가장 많이 먹는 사람이 청이었다.

그렇게 며칠을 바쁘게 돌아다니다 보니 유메에 예약을 해놓은 일요일이 되었다.

일요일이기는 했으나 감시자를 찾아내고 또 내 일에 도움이 되는 자료들을 찾아보기 위해서 육군대학의 도서관을 갔다. 그러다 약속된 저녁 시간이 되어서 집으로 돌아왔다.

"오라버니, 어서 오세요."

"아부지, 잘 다녀오셔써요?"

집으로 들어서자 현관에서 가족들이 나를 맞아 주었다. 그리고 찬주의 품에 안겨서 이제는 초롱초롱하게 눈을 뜨고 나를 보는 수련이도 나를 반겨 주었다.

"수련아, 안 울고 아빠 잘 기다리고 있었어요?"

"꺄하."

수련이는 이제 눈도 제대로 뜨고 사물도 분간했다. 그리고 낯을 가리고 나를 알아봤다. 나를 보면 배냇짓이 아닌 진짜 미소를 지어 주었다.

아이가 하루가 다르게 커 가는 것을 보면서 '어른의 하루와 아이의 하루는 다르게 흐르는 게 아닐까?' 하고 고민을 할 정도로 수련이는 하루가 다르게 컸다.

"오라버니 눈에는 수련이만 보이나 봐요? 청아, 이리 와. 아버지는 청이와 엄마는 필요 없나 보다."

내가 찬주의 품에 안겨 있던 수련이를 받아 들자 찬주가 투덜거리면서 이야기했다.

그런 그녀를 풀어 주려고 포옹을 살짝 했다.

저녁을 밖에서 먹기로 하고 예약을 해 놓아서인지 하교 시간에 집으로 돌아오면 나는 밥 짓는 냄새가 전혀 나지 않앗다.

그래서 얼른 준비하기 위해 침실로 올라가 군복을 벗고 상쾌하게 씻은 후 외출복으로 갈아입고 내려왔다.

1층으로 내려오자 내가 돌아올 때부터 외출복을 입고 있던 찬주와 청이가 나가기 위해서 일어났다.

"이대로 가도 괜찮을까? 춥지 않으려나?"

날씨가 많이 풀리기는 했어도 아직 4월이었다. 해가 지고 나면 쌀쌀했기에 이제 막 백일이 지난 수련이가 걱정되었다. 찬주가 이미 담요로 꽁꽁 싸매서 나에게 넘겨주었지만, 그래도 걱정이 되어서 물은 것이다.

"괜찮아요. 어차피 차 타고 갔다가 오는 거고, 요즘 낮에 산책을 많이 해서 이 정도 날씨면 춥지도 않아요."

찬주는 내가 한심하다는 표정으로 말을 하고는 먼저 밖으로 나갔다.

오늘 하야카와는 집에 있기로 하고 나섰다. 하야카와도 궁내성을 통해서 대충 사정을 알고 있는 것인지 내가 집에 있으라고 하니 순순히 집에 남았다.

✻❀✻

유메로 들어서자 평소와는 다른 차분한 분위기로 반겼다. 그렇다고 평소에 시끄럽거나 한 것은 아니었다. 하지만 건물 안에서 움직이고 밥을 먹는 사람들의 인기척과 소음이 있을 때는 건물 자체가 살아 있다는 느낌을 받았었는데, 지금은 그때와는 다르게 인기척이 전혀 느껴지지 않았다.

"어서 오세요, 전하."

문을 열고 유메로 들어서자 마담을 중심으로 네 명의 사람이 무릎을 꿇고 기다리고 있었다.

그중에는 하얀 조리사 옷을 입은 사람도 있었고, 일본식 기모노를 입은 사람, 온천에서 짐꾼이 입는 파란색의 일본 옷을 입고 있는 사람도 있었다.

"오늘 연회가 있다고 하더니 조용하군?"

"마지막 연회는 낮에 끝났습니다. 저희 가게의 마지막 손님이신 전하를 위해서 기다리고 있었습니다."

"그대들이 이때까지 나의 일을 도와준 사람들인가?"

이 큰 요정을 운영하는 데 네 명의 사람만 있다는 게 말이 되지 않았다. 평소 오가며 보았던 얼굴들만 해도 열 명은 되었다. 그런데 마지막 연회도 끝난 지금까지 가지 않고 내가 들어오는 것을 기다리고 있는 인물들이라면 그들이 누구인지는 충분히 짐작할 수가 있었다.

"그러하옵니다, 전하. 이들은 전부 저를 도와주기 위해서 조선에서 온 사람들이옵니다. 전하, 일단 가족분들을 위해서라도 방으로 드시지요."

나도 그곳에서 한 명씩 인사를 주고받고 싶었지만, 나의 옆에 찬주와 청이가 있었고, 품에는 수련이가 있어서 마담이 안내하는 방으로 들어갔다.

방 안은 화려하게 꾸며져 있었는데, 마당 연못 위로 나와 있는 방이었다.

창문 밖으로 보이는 정원과 연못 그리고 방 안의 실내장식은 전통 한옥의 모습과 흡사한 느낌을 주었다.

아이들과 찬주를 방으로 들여보내고 다시 밖으로 나왔다. 마담은 그런 나를 의아한 눈으로 봤다.

"그들과 인사라도 제대로 하고 싶으니, 안내해 주게."

"알겠습니다, 전하."

마담과 함께 사람들이 모여 있는 것으로 추측되는 곳으로 향했다. 입구에서 손님이 들어가는 방향과는 반대편으로 가자 주방으로 짐작되는 곳이 나왔다.

마담의 뒤를 이어 내가 그곳으로 들어가자 아궁이에 지펴져 있던 불을 보고 있던 사람, 그릇을 챙기던 사람, 음식을 챙기던 사람 할 것 없이 전부 일어나 나에게 인사를 했다.

아까 입구에서 봤던 세 명이 내 가족이 먹을 음식을 준비하고 있었다.

"오며 가며 만났을지는 모르나, 이렇게 얼굴을 제대로 보는 것은 처음인 듯하군."

내가 들어서서 말을 하자 세 사람이 놀라서 고개를 숙였다.

"뵙게 되어서 영광입니다, 전하. 김돌석이라고 하옵니다."

세 사람 중 가장 연장자로 보이는 일본식 일꾼 옷을 입고 있는 인물이 먼저 말했다.

"이 먼 타국까지 와서 나의 일을 봐주고 독립운동가들을 도와주는 힘든 일을 이때까지 해 주어 고맙네."

"볼모로 잡혀 아무것도 뜻대로 하지 못하시는 전하께서 힘이 드시지 소인들은 아무렇지 않습니다. 그저 대업에 도움이 된다면 그걸로 족합니다. 소인들이 끝까지 전하를 보필하여야 하는데, 그러지 못해서 송구하옵니다."

김돌석이라는 사람은 외모가 50대는 되어 보였다. 그가 어떠한 삶을 살아왔는지는 그의 얼굴의 주름과 손의 주름들로 충분히 짐작할 수 있었다.

그와 인사를 하고 나서 나머지 두 명과도 인사를 했다.

세 사람은 평범한 조선의 사람들이었다.

특별한 기술과 엄청난 무력을 가진 군인도, 많은 지식을 가지고 펜으로써 조선인들을 계몽하고 국제사회에 조선 독립을 주장하면서 일본과 맞서 싸우는 지식인도 아니었다. 하지만 이들 역시 독립운동가였고, 조선의 독립을 위해서 자신이 할 수 있는 일을 하는 사람들이었다.

물론 이들이 이곳으로 오기까지 많은 용기가 필요했을 테고, 이곳 음지에서 독립운동가들을 돕고 나를 도운 것 때문에 앞으로 많은 위험이 닥칠 것이었다.

그런 이들이 고마웠다. 내가 보답할 수 있는 것은 없었지만, 이들의 이름과 얼굴을 기억하려고 일부러 주방으로 찾아온 것이다.

이들 한 명 한 명이 모여서 결국 독립운동 단체가 되고 독립을 위한 큰일들을 할 수 있다는 것을 알고 있기에 이들의 수고에 감사했다. 그리고 내가 할 수 있는 최선의 예의를 차려 인사를 했다.

더 많은 것을 주고 싶지만, 상황이 힘들다는 것을 그들도 나도 알고 있었다.

방으로 돌아와서 조금 기다리자 그들이 음식을 가지고 나왔다.

내가 이때까지 유메에 와서 먹었던 음식 중에 가장 화려하고 많은 가짓수의 음식이 탁자 위로 차려졌다. 나와 찬주, 청이가 먹기에는 너무나도 많은 음식이었는데, 마담은 모든 종류의 음식을 다 내놓겠다고 작정한 듯 탁자 위를 채워 갔다.

음식들이 거의 다 나왔다는 생각이 들 때쯤 방에서 나가려고 하는 마담을 불러 세웠다.

"마담, 음식이 다 나오고 나면 가서 아까 그 사람들을 전부 데리고 오게."

"……알겠습니다, 전하."

내가 무슨 할 말이 있다고 생각을 했는지 음식이 다 나오자 마담을 포함하여서 네 명이 방으로 들어왔다.

"이리 와서 앉도록 하게. 차린 게 많으니 같이 먹도록 하지."

"저, 전하, 어찌 소인들이 그리하겠사옵니까? 소인들은 물러갈 터이니 식사를 하시지요."

나의 제안이 당황스러웠는지 마담이 황급히 고개를 숙이면서 말했다.

"음식이 많이 준비되어 있고 이 식탁의 크기도 충분한데, 왜 먹지 않겠다는 것인가?"

그녀가 왜 거부하는지는 잘 알고 있었으나, 나는 오늘 이들과 함께 밥을 먹고 싶었다.

이들과 내가 다시 만날 수 있을지도 알지 못했고, 내가 이들에게 해 줄 수 있는 것도 없었다. 그래서 이들이 차린 음식이지만, 함께하는 한 끼의 식사로 나의 마음이 전달되었으면 좋겠다는 생각으로 마담에게 말한 것이다.

"어찌 미천한 소인들과 겸상을 하겠다고 하시는 것이옵니까? 거두어 주시옵소서, 전하."

"반상제가 없어졌는데 무엇 때문에 겸상을 하면 안 되다는 것인가?"

"하오나 전하."

평소 같았으면 청이가 배가 고프다면서 칭얼거리거나 했을 텐데 녀석도 분위기가 심상치 않다는 것을 느꼈던 것인지 찬주의 옆에 가만히 앉아서 우리의 이야기를 지켜보고 있었다.

"자네들이 와서 같이 먹지 않는다면, 나는 지금 일어나서 별저로 돌아갈 것이네. 어찌하겠는가?"

나의 말에 그들은 더욱 당황하는 모습을 보였다.

음식들만 보아도 이들이 나의 마지막 식사를 위해서 얼마나 노력한 것인지 보였다. 그런데 그런 음식을 두고 그냥 돌아가겠다고 하는 나를 어떻게 해야 할지 갈피를 못 잡는 거 같았다.

"이리 와서 앉게. 명령이라도 해야지 않겠는가?"

내가 조금 고압적인 말투로 말하자. 마담은 결국 포기했는지 뒷사람들에게 눈치를 줘서 각자 빈자리에 앉도록 하고 한 명이 일어나서 수저를 챙기러 나갔다.

그들이 같이 밥을 먹을 것으로 생각되자 찬주는 청이를 데리고 나의 옆자리로 옮겨 왔고, 그들과 우리는 마주 보고 식사를 할 준비를 했다.

그들이 나와 마주 보면서 먹는 식사가 소화가 잘될지는 알 수 없었으나, 내가 해 줄 수 있는 마지막 선물이라 생각하고 식사를 했다.

※※※

'수련이가 없었다면 지루한 생활을 하고 있지 않았을까?'

라는 생각이 들었다.

감시자를 찾는 문제로 바쁘게 생활하던 것이 한순간 무료해졌다. 학교를 마치고 나서 서재에서 잠시 수업 준비를 하는 것 말고는 하는 일이 없었다.

이미 1년을 있으면서 앞으로의 일에 대해서는 정리가 끝나 정보를 주고받으면서 나아가야 하는데, 그런 것이 단번에 다 중단되고 나니 무료한 일상이었다.

"오오, 이제 수련이 손에도 힘이 들어가는데?"

아이의 손에다 내 검지를 내미니 손가락을 꽉 잡고는 놓지 않으려고 힘을 주었다.

아이는 나의 손가락을 한참 잡고 있다가 놓았다가 하더니 무엇이 즐거운지 웃음을 터트렸다.

그런 수련이의 모습을 지켜보는 오빠인 청이와 나의 입가에도 미소가 번졌다.

"전하, 본관에 요시나리 대위님께서 와 계십니다. 이쪽으로 모실까요?"

5월 초여름에 들어서 날이 따뜻해져 집 안의 마당에 돗자리를 깔아 놓고 아이들과 휴식을 취하고 있을 때, 시월이가 한동안 조사를 하느라고 집에 들르지도 않던 히로무가 방문하였음을 알려 왔다.

집 안의 마당이지만 평소에도 우리 가족끼리 있을 때는 방문객을 바로 안내하는 경우는 없었다.

오랜만에 온 히로무가 그동안 나의 고생의 결과물을 가지고 왔을 거란 생각이 들어서 돗자리에서 일어났다.

　아이들은 찬주와 두 아이의 유모에게 맡기고 집 안으로 들어가자, 항상 입고 다니던 군복도, 평상복도 아닌 승마복을 입고 있는 히로무가 앉아 있었다.

　"어서 와."

　내가 응접실로 들어와서 소파에 털썩 주저앉자 히로무가 나에게 인사를 했다.

　"웬 승마복?"

　"오늘 말 좀 타려고. 같이 가서 바닷가나 한 바퀴 돌고 오자."

　"바닷가?"

　말을 타고 왔나 했더니, 그게 아닌 모양이다. 우리 집에서 말을 타고 항구가 아닌 바닷가까지 가려면 최소 2시간은 달려야 했다.

　2시간을 달려서 바다를 보고 다시 2시간을 달려서 돌아오는 것은 가벼운 승마라고 보기에는 무리가 있었다.

　"응? 가와사키川崎마술馬術연습소로 가려고."

　"가와사키? 기다려, 챙겨서 나올게."

　가와사키면 그렇게 멀지는 않았으나, 그렇다고 가깝지도 않은 곳이었다. 차를 타고 40분 정도는 가야 하는 거리에 있는 곳이었는데 왜 그곳으로 가나에 대해서 의문을 가졌다가,

이유가 있을 것으로 생각하고 시월이에게 준비하도록 지시했다.

잠시 기다리자 하인들이 승마 세트를 차량에 실었다. 히로무는 승마복으로 갈아입고 왔지만, 어차피 마술 연습소로 가는 것이고 그곳에는 탈의실이 있어서 나는 갈아입지 않고 옷을 챙겼다.

"내 차로 가자."

내 차량에 짐을 다 실은 뒤 다른 준비를 하고 있었기에 갑작스러운 히로무의 말에 잠시 당황했다.

"그럼 뒤에서 따라오도록 하게."

아예 처음부터 말을 해 주었어도 그의 차는 경차 정도의 크기로 짐칸이 작아서 승마 도구들을 싣기에는 무리가 있었다. 그래서 나만 히로무의 차에 타고 내 차는 따라오도록 만들었다.

"알겠습니다. 전하."

엄청나게 비효율적인 방법이었다. 그냥 히로무가 비어 있는 내 차에 탑승하는 것이 좋은 모양새였지만, 그가 평소에 잘 타고 다니지도 않는 자신의 차를 가지고 와서 굳이 나에게 타라고 하는 것에는 이유가 있을 것이다.

갑작스러운 외출이라 찬주에게는 직접 말하지 않고, 하야카와에게 말을 전하게 하고는 차에 올라탔다.

평소 타고 다니던 차와 승차감이나 느낌을 비교하면 승용

차와 트럭의 차이인 거 같았다. 나는 평소 타던 차량이 코너에서 쏠림도 심하고 서스펜션의 울렁거림이 심하다고 생각했는데, 히로무의 차에 비교하니 내가 타던 차는 정말 고급차였다.

히로무의 차는 코너를 돌면 넘어질 것 같은 느낌이 들 정도였고, 방음 시스템이 전혀 되어 있지 않은 것인지 차의 엔진 소리와 바닥에 돌이 튀어서 부딪치는 소리까지 선명하게 들렸다.

"거기 다찌방을 열어 봐."

온갖 소리에 정신이 없을 때 운전을 하는 히로무가 나에게 말했다. 순간 '다찌방'이 뭔지 모르다 그의 손이 향하는 방향을 보고 글로브 박스를 가리킨다는 것을 알아채 열었다.

그곳에는 누런색의 서류철이 하나 들어 있었다.

"뭐야? 찾은 거야?"

"어. 그런데 생각보다 심각해."

히로무의 말에 서류를 펼쳐서 살펴보았다.

그곳에는 지금 뒤에서 열심히 우리의 차를 따라오고 있는 운전기사의 이름도 있었고, 작년 12월에 새로 채용되어서 우리 집으로 들어온 궁내성 소속의 수련이 유모의 이름도 있다.

그리고 가장 마지막 장에는 전혀 뜻밖의 인물이 있었는데, 동조영기東條英機, 일본 이름 도죠 히데키, 현 육군대신이 이름을 올리고 있었다.

"도죠?"

히로무에게 이 사람이 내가 알고 있는 그 사람이 맞는지 되물었다. 그러자 그가 고개를 끄덕이면서 나의 말이 맞음을 알리고 말했다.

"파고들다 보니까 생각보다 너무 큰 거물이 나왔어."

내가 생각해도 말도 안 되는 거물이었다.

도죠는 군국주의를 추구하는 강경파의 수장 격으로, 중일 전쟁을 비롯한 일본의 제2차세계대전의 중심에 있는 인물이었다. 이런 말도 안 되는 사람이 왜 나에 대해서 감시를 하는지 의문이 들 정도였다.

"이 사람이 왜 나를 감시해?"

"그가 직접 관여한 것은 아니고, 대정익찬회大政翼贊會라고 들어 봤지?"

대정익찬회, 독일의 '나치스'처럼 군국주의를 위해서 나라의 정치를 통일해서 강력한 정치를 하려는 목적으로 만들어진 정당이었다. 또 이들은 현 총리 고노에를 비롯하여서 원내 의원 비율이 84퍼센트에 달하는 거대 정당이었다.

"정당이잖아."

"정확히 정당은 아니지만……. 뭐 아무튼 거기에서 지금 강경파인 도죠와 온건파인 고노에가 세력 다툼을 하고 있는데, 그중 도죠의 세력에서 조선의 왕족에 대한 정보를 수집하고 있어. 거기 소속된 사람이 우리 정보부 내에도 몇 명 있고."

"여기서 서류상으로 작년 10월 이후로 우리 집으로 들어온 모든 사람이 그쪽과 연관이 있다는 거네?"

서류에는 작년 연말 이후 궁내성에서 새로 파견되어 나오거나 채용한 사람들의 프로필이 다 들어 있었다.

"그런 거 같아."

"이유는?"

"예상되는 건 있는데, 확실하지는 않아."

히로무는 고개를 흔들면서 말했다. 여기 서류에 나와 있는 대로라면 나는 집은 물론 언제 어디서라도 감시를 당하고 있다고 보는 게 맞았다.

"사실 처음에는 너를 감시하는 인물이 몇 명인지 조사하면서 감을 잡지 못했었어. 그런데 아주 어처구니없이 그 실체가 누군지 알 수 있었어."

그는 자신이 앉은 운전석 의자 사이의 작은 공간에 손을 넣어서 통장 하나를 꺼내 나에게 보여 줬다.

"이게 뭐야?"

통장을 펼치자 그곳에는 두 번 돈이 입금된 기록이 적혀 있었다. 큰돈은 아니었지만 한번 입금될 때 웬만한 노동자의 월급과 맞먹는 금액이 기입된 것을 알 수 있었다.

"무슨 돈 같아?"

"글쎄…… 무슨 돈인데?"

대정익찬회에 대해서 이야기하다가 뜬금없이 통장과 돈을 보여 주니 무슨 일인지 짐작이 되지 않았다.

"처음에 감시자로 의심이 가는 사람들이 있어서 조사했는데, 다들 혐의점이 많이 나오는 거야. 마치 다들 누군가의 지시를 받아서 행동하는 거 같은 느낌이 들었어. 그 접점을 찾지 못하다가 지난주에 알게 됐지. 그 통장 안에 들어 있는 돈은 내가 너에 대한 정보를 알려 주고 대가로 받은 거야."

순간 그가 하는 말이 무엇인가 잘 이해가 되지 않다가 돈과 대정익찬회 그리고 감시자들에 대한 부분들이 연결되면서 어떤 상황인지 느낌이 왔다.

"내 정보 팔아먹은 것치고는 싼데? 좀 더 비싸게 받지 그랬어?"

히로무가 정말로 나에 대해서 중요한 정보들을 팔았을 거라는 생각은 전혀 하지 않았다.

히로무와 이우는 10대 초반부터 붙어 지내기 시작해서 거의 20년에 가까운 시간을 함께 보냈다. 그래서 서로를 잘 알고 있는 사람들이었다.

평소 이우 공의 성격이라면, 정보를 넘겨주는 대가로 돈을 받을 수 있다면 오히려 히로무에게 그렇게 하라고 이야기했을 것이다.

"그 정도면 꽤 큰돈이야."

"그럼 어떻게 되는 거야? 대정익찬회가 배후인 거야?"

"응, 내가 조사한 바로는 그래. 저기 저놈도 그곳에서 뽑아서 보냈어. 게다가 나한테도 접근한 것을 보면, 집안에 있는 모든 사람에게 접근해서 제안했을 가능성이 높아."

히로무는 백미러에 비치는, 우리를 쫓아오는 차를 보면서 말했다.

"그런데 그들이 왜?"

머릿속에 떠오른 가장 큰 것은 왜였다.

'왜 그들이 나를? 아니, 조선의 왕족을?'

지금 조선의 왕족 중에서 실질적인 힘이나 정치력을 가지고 있는 사람은 없었다. 조선에서는 친일 부역자들의 입김에 밀리고, 일본에서는 조선인이기 때문에 정치적 영향력이 전혀 없었다. 그런데 정치집단인 그들이 왜 나를 감시했는지에 대한 의문이 풀리지 않았다.

"지금까지 확인된 것은 이 문제의 중심에 있는 인물이 육군대신 도죠 히데키라는 거야. 나에게 접촉을 해 온 쪽도 그쪽 계열로 분류되는 의원이었어. 그래서 조금 조사를 해 보니까 조선의 왕족뿐만 아니라 황족, 화족까지 귀족원에 의원이 될 수 있는 자격을 갖춘 모든 이들을 감시하고 정보를 수집하고 있었어."

그의 말에 조금 의문이 생겼다. 조선 귀족을 감시하는 것도 이해가 되지 않는데, 왜 그들이 일본의 황족과 화족까지 감시를 한다는 것인가?

"화족까지?"

"나도 조사하면서 거기에 대해 여러 가지 생각을 해 봤는데, 가장 유력한 이유는 귀족원을 장악하기 위해서야. '지금 대정익찬회에 내부 권력투쟁이 벌어지고 있는 것이 아닌가?' 하고 짐작했어. 그래서 알아보니 그런 정황들이 몇 가지 있었어. 그래서 대정익찬회와 내각의 권력을 두고 현 내각총리대신인 고노에 후미마로近衛文麿와 육군대신인 도죠 히데키 사이에 정쟁政爭이 벌어지고 있는 것 같아."

"나도 혹시 출마해서 귀족원에 관여할 수 있으니 감시를 하겠다?"

"현재까지의 정보로는 그래."

그냥 까마귀 날자 배 떨어진 느낌인 거 같았다. 괜히 움츠러들어서 모든 일을 중단한 것이 아닌가 하는 생각이 조금 들었다.

"그래도 일단 중단한 것은 올바른 거였어. 만에 하나라도 내가 예상한 것이 아니면 위험하니까."

내가 후회한다는 표정을 짓는다고 느낀 것인지 히로무가 말을 덧붙여서 했다.

"그냥 마음이 그런 거야. 바쁜 시기에 이런 식으로 발목이 잡히니까 그런 거야."

"조심해서 나쁠 거는 없으니까. 이 이야기는 전부 내가 추측한 상황일 뿐이고, 지금 확실하게 확인된 것은 도쿄 히데키 계열의 의원이 주도해서 동경 안에 있는 귀족들을 감시한다는 사실뿐이야. 도착했네. 내리자."

차량이 한적한 시골의 농장처럼 보이는 곳에 차를 주차한 히로무가 내렸다.

농장의 건물 마당에는 말을 타고 연습할 수 있도록 큰 원으로 된 운동장이 있었고, 건물 안에는 말들이 쉬고 있는 모습이 눈에 들어왔다.

히로무가 들어가서 관리인으로 보이는 사람에게 말을 하자 그 관리인이 나에게 와서 인사를 했다.

"처음 뵙겠습니다, 전하. 저는 가와사키마술연습소 소장 키토자와라고 합니다. 이우 공 전하의 방문을 감축드리옵니다."

일본인 직원은 자신이 할 수 있는 최선을 다해서 나에게 환영한다는 말을 했다. 정식 예법에는 어긋나는 행동이었지만 그가 예의를 차리려고 하다 보니 그렇게 된 것뿐이었다.

"고맙네."

인사를 하고 나서 히로무는 이곳에 자신의 말이 있는 것인지 말을 향해서 걸어갔고, 나는 소장이 안내를 해서 오늘 잠시 빌려 탈 수 있는 말을 소개받았다.

최근 들어서 말을 자주 타고 있었는데, 처음에 탈 때는 약간 겁이 났지만 익숙해지고 편해지니 좋은 취미 생활이었다.

그래서 학교에 갈 때 말고도 가끔 탔기에 이곳에서 처음 본 말이었지만 나름 괜찮은 호흡으로 탈 수 있었다.

"이쪽으로 가면 1킬로 정도 되는 모래 해변이 있어. 모래도 단단해서 산책하기가 좋아. 그쪽으로 가자. 이랴!"

운전기사는 차에서 기다리고 히로무와 나만 말을 타고 농장에서 나와 그가 이끄는 방향으로 출발했다.

5분 정도 말을 타고 가자 길게 쭉 뻗어 있는 하얀 모래 해변이 한눈에 들어왔다. 히로무의 말처럼 고운 모래가 모여 있어서인지 말을 타고 달리는데도 말의 발이 모래에 빠지지 않았다.

히로무는 해변 끝에 다다르자 해송海松으로 이루어진 숲으로 들어갔다. 해송들이 빼곡하게 들어서 있었는데, 그 안으로 들어서자 해송이 가림막이 되어서 먼 곳에서는 이곳이 잘 보이지 않았다.

사방이 트여 있어서 말을 타고 적당한 속도로 달리기 좋았던 해변과는 다르게 숲으로 들어오자 장애물들이 많이 있었다. 그래서 자연스럽게 말이 걷게 되었다.

"이곳은 왜 들어온 거야?"

"너를 만나고 싶어 하는 사람이 있어서 일부러 이쪽으로 온 거야."

숲으로 들어오면서 뭔가 그냥 온 게 아닌 것 같다는 짐작이 들어 물었더니 히로무가 대답했다.

"만나고 싶어 하는 사람? 누구?"

"나도 정확히는 몰라, 그런데 내가 거부할 수 없는 곳에서 온 전갈이었어. 지시를 한 사람은 거물이지만, 만나는 이는 그의 뜻을 전달하는 인물이라고만 했어."

히로무의 말에 거부할 수 없는 곳이 어디를 뜻하는 것인지 궁금했으나, 나에게 말을 해 줄 수 있었다면 이미 말을 했을 것이어서 그냥 조용히 그를 따라갔다.

5분 정도 더 말을 타고 가니 숲의 중심부라고 추측되는 곳에 검은 정장을 입은 사람이 한 명 서 있었다. 이 먼 곳까지 온 이유가 저 사람을 만나기 위해서인 것이다.

일단 그가 누군지 알 수 없었다. 그의 얼굴을 볼 수 있는 거리에서 말에서 내려서 다가가며 자세히 보았지만 처음 보는 얼굴이었다.

근처에 다다르자 그도 우리에게 고개 숙여서 인사를 했고, 그 인사를 받은 우리도 고개를 숙여서 인사를 했다.

가까이 오니 나이는 20대 중반 정도로 보이는 하얀 피부를 가진 청년이었다. 이 시대에 평범한 20대 청년은 잦은 야외 활동과 학교에서 하는 군사훈련으로 피부가 타 구릿빛인 것과는 대조되었다.

검은색의 정장과 그의 하얀 피부가 대비를 이루어서 흡사 그가 동양인이 아니라 백인 혼혈이 아닐까 하는 의문이 들었다.

"이우 공 전하이십니다. 전하, 이쪽은 사카모토 신타로입니다."

"이우입니다. 만나게 돼서 반가워요."

히로무가 소개할 때에 나에게는 전하를 붙였지만 사카모토에게는 호칭을 사용하지 않은 것으로 보아 내가 더 높은 신분이라고 예상되었고, 나이도 내가 많아 보여서 존댓말을 하지 않았다.

"소문의 공족이신 이우 공 전하를 뵙게 되어서 영광입니다."

그와 인사를 하고 나서 히로무를 바라보며 눈빛으로 이 자리는 무엇이고, 이 사람은 누구인지에 대한 설명을 요구했다.

그런 나의 눈빛에 대답한 사람은 히로무가 아니고 사카모토 신타로라고 자신을 소개한 그였다.

"제가 누구인지, 왜 여기 서 있는지가 궁금하신 것 같습니다."

"그러네요. 아무런 언질도 없이 이곳으로 왔으니까요."

"요시나리 대위님 역시 저에 대해서 잘 알지는 못합니다. 그래서 설명을 못 했을 겁니다."

"그럼 본인에게 누구인지 한번 들어 볼까요?"

사카모토는 나의 말에 쓰고 있던 모자를 살짝 들면서 마치 무대 위의 연기자가 무대 아래의 관객에게 인사하듯이 하고는 말했다.

"제국에서 저를 아는 사람은 별로 없습니다. 주로 그림자 속에서 살고 있으니까요. 이렇게 밖으로 나오는 것도 오래간만인 거 같군요."

그의 말이 사실인지는 알 수 없었으나, 그의 피부를 보면 그의 말이 정말 사실일 수도 있겠다는 생각이 들어 피식하고 웃음이 나왔다.

그는 나의 웃음을 보았는지 살짝 얼굴을 굳히더니 말했다.

"정식으로 소개하겠습니다. 오섭가五攝家의 일원인 고노에 공작 가문의 그림자, 고노에 구미近衛組의 조장組長 사카모토 신타로입니다."

그는 나에게 고개를 숙이면서 인사를 했다. 일반적으로 양 팔을 붙인 상태에서 하는 인사와 다르게 어깨를 살짝 들어서 팔이 약간 들린 상태로 인사를 했다. 그 인사를 하는 것만으로도 그가 누구인지는 충분히 짐작이 갔다.

저런 식으로 인사하는 사람은 세 가지 부류뿐이었는데, 한 부류는 유도나 공수도 같은 운동을 하는 무도인.

다른 한 부류는 야마구치구미山口組, 스미요시카이住吉会, 이나가와카이稻川會로 대변되는 야쿠자.

그리고 이 사람이 해당하는 부류라고 생각되는 사무라이侍였다.

일반 무사를 뜻하는 지금 사무라이란 뜻이 아니라 다이묘

大名를 가까이서 모시는 부시扶侍로서의 최상급 무사를 뜻하는 사무라이였다.

또 하나, 과거 섭정가, 현 5대 공작 가문 중 지금 가장 강력한 곳인 고노에 가문의 이름을 달고 있는 구미組라는 건 고노에 가문의 직속 무사 단체라는 뜻이었다.

"고노에 가문의 사람이었군요."

"별로 놀라시지 않은 것 같습니다."

내가 아무런 반응이 없어서인지 사카모토가 말했다.

내가 반응이 없는 것은 그가 이우의 기억 속에 전혀 없는 인물이어서였다. 또한 놀란 것보다 왜 그가 나를 찾아온 것인지에 대해서 생각하고 있어서 그랬다.

"아니요, 충분히 놀랐습니다. 전혀 예상하지 못했던 곳이니까요. 그리고 공작가에서 굳이 저를 찾은 이유가 궁금하군요."

머리를 굴려 보았지만 공작가에서 나를 찾을 이유는 없었다. 그것도 공식적인 루트가 아닌 그림자를 통해서 나를 찾을 이유는 더더욱 없었다.

"제가 이곳에 온 이유는 그분의 말씀을 전하기 위해서입니다."

그분이라는 것은 고노에 후미마로 내각총리대신을 뜻하는 거 같았다.

"말씀하세요."

"최근 귀족원 내에서 약간의 분란이 있었던 것을 알게 되셨다고 들었습니다. 그 분란에 대해서 신경 쓰지 마십시오. 그분께서는 귀족원은 섭관가摂関家, 청화가淸華家, 대신가大臣家에서 하는 것이 맞는다고 생각하십니다. 그리고 공께서도 그분의 생각과 같으실 거라고 여기십니다."

경고였다. 왜 나에게 이런 경고를 하는지는 알 수가 없었으나, 일본 귀족원에 관심을 가지지 말라는 경고였다.

"지금 당장 답을 해야 하는 것입니까?"

상대는 자세 하나 바꾸지 않고 첫 표정 그대로 말을 하였지만, 그의 몸에서 뻗어 나오는 기운에 눌려서 나의 말투도 조금 변했다.

나보다 어린 사람이고 계급이 낮은 사람이라는 걸 머리로는 인식하고 있었지만, 그의 기운이 달랐기에 무의식중에 말투가 바뀌었다.

"답은 하실 필요가 없습니다. 단지 그분의 생각을 전할 뿐입니다."

말을 전할 뿐 답은 필요 없다는 것을 다르게 해석하면, 나의 의견은 필요 없다는 것이었다.

그는 할 말이 끝났는지 손으로 휘파람을 불었다.

"그리고 집안사람은 다시 뽑으셔야 할 것입니다. 남의 눈이 이곳저곳에 깔려 있는 건 좋지 않으니까요."

그 휘파람 소리에 말 한 마리가 달려와서 그의 앞에 섰다.

그는 그 말을 타고서 멀어져 갔다.

처음에 집안사람이라고 해서 가족을 말하는 것인가 했는데, 남의 눈이라는 말에 최근에 들어온 도쿄 히데키 계열의 하인들을 뜻하는 것을 알아챘다.

사카모토가 사라지고 나서 옆에 서 있던 히로무에게 물었다.

"거부할 수 없는 곳이 고노에 공작가였어?"

히로무가 나에게 위험한 일은 하지 않으리라 생각하고 있었다. 하지만 이 자리는 충분히 위험해 보였다. 게다가 자신이 알고 있는 정보를 나에게 주지 않은 것 또한 조금 위험해 보였다.

"아니, 정확히는 내각총리실, 그곳에서 직속 명령으로 너와 사카모토 조장의 만남을 감시의 눈 몰래 주선하라고 했어."

"그들이 날 죽이려고 하는 거였으면 어떡하려고?"

"나도 처음엔 그 생각을 해서 너에게 알리고 대피를 해야 하나 걱정했었는데, 편지에 너의 안전은 보장한다는 말이 적혀 있었어. 그리고 이거."

그는 나에게 종이 한 장을 건넸다. 그 종이를 펼쳐 들자 가운데 국화꽃의 대를 칼이 자른 모양의 그림이 그려져 있었다.

"이게 뭔데?"

"옛날 사무라이들의 경고장. 일종의 전쟁을 알리는 표식이야. 이걸 보냈다는 것은 내가 말을 듣지 않으면 나뿐만 아니라 이 일에 관련되어 있는 사람을 모두 죽이겠다는 뜻이야. 헤이안 시대에나 썼던 그림이기는 하지만, 무사 집안의 사람이라면 알고 있는 표식이야."

나는 처음 듣는 문화였다. 과거의 이우도 일본에서 오랜 생활을 하였고 일본에 대해서 잘 알고 있다고 생각했지만, 이러한 것은 기억에 없었다.

"그런 뜻이 있어?"

"요즘은 잘 안 쓰는 그림이야. 다이묘 자체가 없어졌고, 무사 집안이 아닌 일반인들은 알지 못하는 거니까. 그리고 그것을 보낸 곳이 한번 내뱉은 말은 지키기로 유명한 고노에 후미마로 총리가 당주로 있는 고노에 가문이라면 아주 위험한 경고지. 그래서 너에게 말을 못 한 거야."

"무슨 뜻인 거야, 나를 만날 때 나의 안전은 보장한다면서 전쟁을 알리는 표식을 보낸 거는?"

히로무의 말을 가만히 듣다 그 뜻을 알 수가 없어서 물었다.

"편지는 정중하게 왔지만, 편지 뒤에 이 편지가 있다는 것은 나의 말을 거절하면 죽이겠다는 뜻이나 마찬가지야. 안전을 보장한다고 이야기했기 때문에 반대로 그 그림을 보냄으로써 약속을 어겼을 시 안전을 보장하지 못한다는 뜻이 되는 거지."

"그냥 말로 하면 되지 무슨……."

"그리고 너에게 이 편지를 보낸 게 아니고 나에게 보냈다는 것은, 우리 둘의 관계에 대해서 알고 있을 뿐만 아니라 나의 과거에 대해서도 알고 있다는 뜻이 되는 거야."

히로무는 몰락한 귀족의 자녀였다. 과거에는 이와테 현(혼슈 북부 지방)의 다이묘 집안 중 하나였다. 그러나 메이지유신을 거치면서 몰락했다.

비밀은 아니었으나 궁내성에서 나에게 붙였던 때에 그의 과거 기록은 전부 삭제가 되었는데, 그들은 알고 있었다. 아마 국화와 칼은 나에 대한 경고도 되었지만, 히로무에 대한 경고까지 담겨 있는 그림이었다.

집으로 돌아가는 차 안에서 아까 있었던 사카모토와의 만남을 생각해 보았다.

일단 그는 나에게 관심을 끊으라고 했다.

나 역시 일본 내부의 권력투쟁에 대해서는 관여를 할 생각이 없었다. 정보 수집에는 관심이 있었지만, 그들의 싸움에서 누가 이기든 나는 달라지는 것이 없어 큰 관심을 가지지 않았다.

어차피 일본 내부에서 조선의 독립을 지지하는 정신 나간 정치인이나 화족, 황족은 없었고, 내가 정치를 할 수 있다고 생각해 본 적도 없었다.

나는 그가 나의 감시자들을 제거해 주겠다고 말한 것이 고마울 지경이었다. 감시자들을 제거해 주면 나에 대한 감시가 줄어들고 그만큼 나에게 여유가 늘어날 것으로 생각했다.

"내가 일본 정치에서 어느 정도의 위치일까?"

운전을 하는 히로무에게 물었다.

가만히 생각을 하다 보니 분명 나는 아무것도 아닌 사람인데 고노에가 굳이 자신의 그림자까지 드러내면서 나에게 경고를 해야 하는 이유가 무엇인지 궁금해졌다.

"포로지. 적국에서 잡아 온, 대접해 줘야 하는 포로."

히로무는 나의 질문이 무슨 귀신 씻나락 까먹는 소리인가 하면서 장난처럼 대답했다.

"그러니까 나는 망국의 귀족이고 중앙 정계에서는 아무런 위력이 없는 인물이잖아. 그런데 왜 그들이 나에게 자신의 그림자까지 드러내면서 경고를 하는 것일까? 또 다른 한쪽은 나에게 사람을 여러 명 붙여 가면서 감시를 하고."

"글쎄……."

히로무도 나의 질문에 마땅한 답이 떠오르지 않는지 잠시 말을 흐리며 생각을 하는 거 같았다.

"이것을 알아볼 수는 없을까?"

"내가 움직이는 건 힘들어. 나는 드러나 있는 사람이라 내가 이것에 대해서 조사한다면 고노에 쪽에서 나나 너를 제거하려고 들 수도 있어. 아까 경고를 잊은 건 아니지?"

"안 잊었지."

사카모토의 경고를 어떻게 잊겠는가. 말투는 부드러웠지만 그의 기운을 몸이 기억하고 있어서인지 잠시 몸이 부르르하고 떨렸다.

"다른 방법을 찾아보자. 우리가 할 수 있는 게 뭔지, 저들의 눈에 걸리지 않는 어떤 방법이 있는지."

히로무는 운전을 하다 잠시 나의 얼굴을 보고는 말했다. 그가 두려움을 느낀 것인지, 나의 두려움이 그에게 투영된 것인지는 알 수 없었으나 그의 얼굴에 두려움이 스쳐 지나가는 느낌을 받았다.

"알았어, 나도 한번 생각해 볼게. 그때까지 두 사람에 대한 생각은 잠시 접어 두도록 하자."

사카모토의 경고도 있었지만, 지금 일본에서 귀족을 대표하는 고노에 후미마로와 군부를 대표하는 도죠 히데키의 눈과 귀가 나의 주변에 있다는 것은 엄청나게 위험한 일이라는 걸 잘 알고 있었다. 그래서 직접 행동을 하는 것은 미루고 머리로 생각만 하기로 했다.

8장

　며칠 동안 집 안에 있던 왕공가궤범도 찾아보고, 일본의
귀족법에 관해서도 확인을 했다. 그 책들을 확인하고 나서
한 가지 결론을 내렸는데, 법으로는 내가 귀족원 의원이 되
는 것에 아무런 지장이 없다는 것이다.

　공족의 위치는 모든 화족들보다 높은 위치에 있었다. 법률
상이기는 하지만, 분명 공작보다 높은 위치였다.

　하지만 이 법률로는 그 두 사람이 나에게 신경을 쓰는 이
유가 설명되지 않았다. 공족에 대한 것은 순전히 서류상의
위치일 뿐 실제 내가 정치를 하거나 귀족원에 들어가기 위해
서는 천황의 칙허가 있거나 하원에 해당하는 중의원衆議院에
출마하여서 당선되어야지 가능성이 생기는 상황이었다.

천황이 나에게 그런 칙허를 내릴 가능성은 전혀 없었고, 그나마 가능한 것은 중의원에 출마하여 당선되는 것이었다.

중의원에 들어가기 위해서는 내지에서 당선되어야 하는데, 내지의 선거권은 일본인만 가지고 있어서 당선되는 것은 요원했다.

결국 둘 다 불가능에 가까운 조건이 붙는 상황이었는데, 굳이 나에게 경고를 하는 이유와 나를 감시하는 이유를 찾을 수가 없었다.

나를 감시하는 인원은 전부 교체되었는데, 운전사의 경우에는 무단으로 출근하지 않았다. 그만두는 걸 알고 있었던 나는 아침에 오지 않은 그를 대신해서 말을 타고 학교로 갔다.

하야카와는 운전기사를 해고할 때 해고하더라도 만나서 혼을 내야겠다며 그를 만나기 위해서 직원 명부에 기록되어 있는 주소로 찾아갔다. 하지만 사람이 없었다. 그래서 그냥 해고했다.

평소에는 하인을 채용하면서 관심을 가지지 않았지만, 이번 일을 겪고 나서 궁내성에서 보내 주는 사람을 그대로 채용해서 일을 시키지 않고 직접 채용했다.

유메에서 하인으로 일했던 김돌석이 운전을 할 줄 안다고 하여서 운전기사로 채용하였다.

이런 일을 겪고 나서 수련이의 유모는 도저히 일본인들은 믿을 수 없어서 대비마마에게 부탁해 조선의 궁녀 중 한 명을 선발했다. 딸인 수련이와 가장 가깝게 지내는 사람이 유모여서, 혹시 다른 사람의 회유를 받은 상태라면 무슨 일이 일어날지 알 수 없어서였다.

하야카와가 조금 의아하게 생각하기는 했지만 별다른 말을 하지는 않았다.

그 이외에 하인들은 하야카와가 궁내성을 통해서 채용을 완료했다.

궁내성을 통해서 채용하면 누군가 회유를 받은 사람이 들어올 수도 있지만, 그런 위험은 내가 직접 채용해도 똑같을 것이다. 그리고 나와 내 가족과 가장 가까운 사람이 아니라면 어쩔 수 없겠다는 생각이 들어 그들이 보내 준 인원을 받았다.

사카모토가 우리 집안에 있는 도쿄 히데키 계열의 감시자들을 처리해 준다고 했는데 하야카와가 괜찮은 것을 보면, 그는 그쪽 계열이 아니었다는 생각이 들었다. 물론 그가 궁내성에 나의 일거수일투족을 보고한다는 것은 알고 있었다.

"그래서, 네 생각도 내가 말한 이유 말고는 없다?"

아침부터 우리 집에 와서 차를 마시는 히로무에게 물어보았다.

"그래, 명확한 이유가 없어."

히로무는 최근 맡았던 공산당 사건이 끝이 나서 쉬는 날이면 우리 집에 와 있었다.

"뭘까……. 알지 못하고 당하니까 기분이 좋지는 않네. 우리만 당하는 거 같잖아."

"상대가 상대이니만큼 어쩔 수 없다고 생각해야지."

"그래도 기분 나쁜 건 기분 나쁜 거야."

히로무는 기분이 나쁘다고 표현하는 내가 어처구니없다는 표정으로 바라보면서 자신의 앞에 놓여 있던 녹차를 들어 마셨다.

"아, 그리고 이건 내가 말을 해야 하나 말아야 하나 했던 건데……."

"무슨 일인데? 말해 봐."

중요한 건데 듣지 말라고 하는 것인지, 히로무가 나를 더 궁금하게 만드는 어법을 썼다. 난 그 어법에 넘어가서 조르듯이 말했다.

"네 차를 운전했던 운전사 말이야. 지금 연락이 끊어졌지?"

"어. 그쪽에서 처리한다고 해서 '다른 먼 곳으로 보낸 게 아닐까?'라고 생각하고 있었는데, 그건 왜?"

갑자기 뜬금없는 운전사 이야기에 녹차를 마시다가 내려놓고 대답했다.

"먼 곳이라……. 먼 곳이 맞기는 하지. 그 사람, 죽었어."

담담하게 이야기하는 히로무였지만, 그 내용은 절대 담담하게 들을 만한 것이 아니었다.

"뭐? 죽어?"

"어, 그날 바로 다음 날에 요코하마의 바닷가에서 떠올랐어. 심장을 정면으로 관통한 총알, 그게 사인이야."

히로무는 오른손을 총 모양으로 만든 후 자신의 심장을 향해서 쏘는 시늉을 했다.

"그쪽에서 죽인 걸까?"

사카모토 쪽에서 죽인 것인지 물어보았지만 히로무는 고개를 흔들면서 말을 했다.

"모르지, 조사 자체를 하지 못했으니까. 내 생각인데, 바다에 시체를 버릴 때 그냥 대충 버린 거 같아. 어차피 시체가 발견돼도 덮을 수 있다고 생각했겠지. 보통 사망 사건의 경우에는 일반인이든 군인이든 우리 정보부도 나가서 우리와 관련이 있나 없나 확인을 하거든. 근데 이번에는 그런 게 없었어."

"그럼 경찰이 확인한 거야?"

"어, 경찰이 확인해서 부랑자로 처리됐어. 부검조차 없이 화장해 버렸지. 마치 짜인 각본대로 움직이는 것처럼. 다른 곳도 아니고 도쿄 만 안에 있는 요코하마에서 떠오른 건데 신문에 기사조차 나지 않을 정도로 통제된 거야."

"그렇게 통제된 것을 너는 어떻게 알았데?"

"정보부에는 천황이 똥을 몇 번이나 싸는지까지 알 수 있을 정도로 많은 정보가 모여. 그중에 그 시체의 사진도 있었어. 정확하게 심장이 총알로 뚫린 시체, 그날 네 차량을 운전했던 그 사람이었어."

"왜 죽인 걸까? 다른 직원들은 그냥 그만두게만 만들었는데, 유독 그만 죽인 이유가 뭘까?"

다른 사람과 그가 달랐던 것이 뭘까? 다른 사람과 다르게 그를 죽였다는 것은 그 사람이 죽어야 할 이유가 있었단 뜻인데, 그것이 무언지 물었다.

"그가 죽기 전에 감시자들에 대해서 조사했던 게 있었는데……. 이건 전부 추측이기는 하지만, 그 운전기사가 이곳에 파견된 도죠 히데키 계열의 대장이 아니었을까? 그리고 그를 죽인 곳도, 고노에 집안일 수도 있지만 반대로 도죠 계열일 수도 있어. 자신들의 눈과 귀가 잘리는 것을 보면서 너희 집에 있는 사람 중에 비밀에 대해서 가장 많이 알고 있었던 그 직원을 죽여 살인멸구殺人滅口를 한 것일 가능성도 배제할 수 없어."

"이렇든 저렇든 결국은 그 운전기사가 우리 집에 와 있던 사람 중에서 가장 중요한 인물이었다는 거네?"

"그렇지."

사람이 죽었다는 말에 조금 놀라기는 했지만, 실제로 눈앞에서 보거나 한 것은 아니어서 그런지 충격을 받거나 하지는 않았다.

"다른 정보는 없어?"

"우리 부서 사람 중에 한 명이 마침 근처에 있다가 시체를 촬영해서 알게 된 거지, 아니면 죽은 것도 몰랐을 거야. 정보 자체가 통제된 상황이었으니까."

"그들이 살인까지 할 줄은 몰랐는데……. 그쪽이 이런 식으로 나오니까 그들에게 내가 무슨 의미인지 더욱 궁금해지는데?"

히로무가 돌아가고 나서 이런 부분에 대해서 조언을 구할 수 있는 인물을 생각하다가 오사카에 있는 이왕 이은이 떠올랐다.

일본 안에서 나와 비슷한 지위를 가지고 있는 인물이어서 이은은 이런 일을 겪어 보지 않았겠냐는 생각이 들었다.

바로 오사카로 가서 물어보고 싶었으나 학교를 가야 해서 학교가 졸업 전 2주일 정도 쉬는 기간인 7월 중순에 가기로 했다.

전화로 이야기하는 것은 아예 생각도 하지 않았다. 이들이 통화를 도청하는지 알 수는 없었으나 이 시대의 전화기가 도청에 아주 취약하다는 것은 알고 있었다. 그래서 직접 만나서 이야기하려고 준비했다.

원래 동경에 있을 때는 이은과 교류가 자주 있었으나, 오사카의 주둔군 사단장으로 발령을 받고 전출 간 이후에는 몇 번 만나지 못했다. 그리고 내가 오사카로 간 경우도 없었다.

주말에 간다고 하니, 청이도 오랜만에 놀러 가는 것이어서 좋아했다. 놀러 가는 김에 근처인 교토의 별장에 휴가차 들러서 쉬다가 오기로 정하고 이왕 이은에게 연락을 했더니 기뻐하며 방문을 허락했다.

✼✼✼

졸업 전 마지막 시험을 마쳤다. 그리고 졸업식과 새로운 부대 배치 전 주어진 2주간의 꿀맛 같은 휴식에 생도들은 기쁜 표정을 감추지 못하고 대학교 정문을 벗어나고 있었다.

일반적인 대학교처럼 수업을 신청해서 듣는 것이 아니라 분과별로 같은 수업과 훈련을 진행하는 학교의 특성상 같은 반인 사람들은 3년 6개월간 진행되는 과정을 함께하기 때문에 서로 친해질 수밖에 없었다. 그것이 마지막이어서 그런지 마지막 일정을 함께하면서 편지를 주고받을 연락처를 나누기도 했다.

나는 공족이라는 조금 특이하고 부담스러운 위치에 있는 사람이어서인지 왕따 아닌 왕따를 당해 학교를 마치자마자 사람들의 무리에서 빠져나와 학교를 벗어났다.

집으로 돌아가자 응접실에 옷 가방들이 쌓여 있었고, 어수선한 분위기를 연출하고 있었다.

준비는 어느 정도 끝이 난 것인지, 응접실의 소파에 수련이가 누워 있는 아기 바구니가 놓여 있었다. 그리고 그 옆에 청이가 서서 수련이의 주목을 끌기 위해서 애교를 피우는 중이었다.

찬주 역시 그 옆의 소파에 앉아서 내가 돌아오기를 기다리고 있는 것 같았다.

"준비는 끝난 거야?"

"오라버니 오셨어요? 짐은 전부 쌌고, 이제 출발하기만 하면 돼요."

"하야카와는?"

집으로 돌아오면 가장 먼저 보는 얼굴인 하야카와가 보이지 않아서 물었다.

"기차역으로 가지고 갈 짐들을 가지고 먼저 출발했어요. 짐을 놔두고 온다고 했으니까, 곧 돌아올 것 같아요."

찬주의 말대로 하야카와는 금방 차를 가지고 돌아왔고, 바로 다시 오사카로 가기 위해서 기차역으로 출발했다.

처음에는 같은 일본 안을 이동하는 것이고 수련이가 어려서 기차를 타는 것보다는 차를 타고 가는 게 낫지 않을까 했는데, 아직 고속도로가 제대로 정비되어 있지 않아 기차를 타고 8시간 정도면 도착하는 오사카를 차를 타고 가면 2일 이상 걸린다고 해서 기차를 타고 가기로 했다.

시간이 오래 걸리는 건 일본 관서와 관동의 중심을 히다 산맥飛騨山脈, 기소 산맥木曾山脈, 아카이시 산맥赤石山脈 이 세

개의 산맥이 가로막고 있기 때문이라 했다. 그래도 기차는 군데군데 터널을 뚫어 놓아 차를 이용하는 것보다 훨씬 빨리 갈 수 있다고 했다.

수련이가 태어나 한 명이 더 늘어나서인지 작년 경성에서 일본으로 올 때보다 기차역에 놓여 있는 짐의 양이 더 많이 늘어나 있었다.

잠시 가는 여행이긴 하지만 아이들이 어려서 준비할 것도 많았고, 지금 교토에는 천황인 히로히토가 있어서 황거를 방문해야 해 옷의 양이 더욱 늘어나 있었다.

히로히토가 동경에 있었으면 출발할 때 방문을 하였을 테지만, 지금은 일 때문인지 아니면 휴가차가 있는 것인지 알 수는 없었으나 교토의 황거에서 지내고 있었다.

기차에 탑승하자 귀족 전용칸으로 분류되어 있는 곳이라서 자리가 넉넉하게 남아 있었다. 긴 시간을 가야 하는 만큼 다행이라고 생각하면서 탑승했다.

기차가 출발하고 얼마 지나지 않아서 건물들만 보이던 풍경이 바뀌어 너른 들판이 나오기 시작했다. 그러다 잠시 뒤 해변을 1시간 정도 달린 후 산속으로 들어갔다.

"이상하게 조용하네?"

수련이는 기차에 타고나서 똘망똘망한 눈을 이리저리 돌리기만 할 뿐 울거나 하지는 않았다. 보통 1~2시간에 한 번씩 울음을 터트리는 것을 생각하면, 오늘은 신기록이라고 할 정도로 울음이 없어 신기해서 찬주에게 물었다.

"아마 주변 소리가 시끄러워서 그럴 거예요. 아기들은 주변에 소리가 나면 그게 뭔지 신기해서 집중하느라 잘 울지 않는대요."

이 시대에도 아동에 대한 연구가 많이 있었던 것인지 찬주가 말하는 내용이 신기했다.

"그런 건 어디서 배우는 거야?"

"동경에서 여자학습원 다닐 때 수업 중에 아이들의 심리에 대한 것이 있었어요."

"학교에서 그런 것도 가르쳐 줘?"

이 시대에 그런 것까지 수업한다는 게 신기해서 되물었다.

"제가 나온 동경의 여자학습원은 귀족들의 딸에게 신부 수업을 시키는 곳이니까요. 집안 생활을 하면서 필요한 모든 것을 가르친다고 보면 돼요."

"신기하네……."

신부 수업을 전문적으로 가르치는 학교가 있다는 것이 신기했고, 그런 학교를 이 시대의 고위층에 속하는 귀족들의 딸들이 다닌다는 것에도 신기했다.

찬주와는 자주 이야기를 하지만, 이야기하면 할수록 새로운 부분들을 알게 되어서 신기했다.

내가 무심했던 것인지 아니면 그녀가 양파처럼 까도 까도 뭔가 나오는 여자인 것인지는 알 수 없었으나, 가끔 이야기

하는 건 즐거웠다

기차에서 저녁 식사를 하고 나서 아이들과 놀아 주니 밤이 되었다. 곧 깔린 어둠 속에 전등 빛이 가득히 들어와 있는 오사카의 역으로 기차가 들어갔다.

우리가 탄 기차는 이곳 오사카를 거쳐서 시모노세키까지 가기 때문에 오사카역에 도착한다는 방송이 나오고 나서 내릴 준비를 미리 했다.

수련이와 청이는 이미 잠이 들어 있었다. 수련이는 유모가 든 바구니에 누워 있었고, 청이는 나의 등에 업혀서 내 등을 자신의 침으로 축축하게 적시고 있었다.

기차에서 내리니 이왕 이은을 만날 때 가끔 보았던 이은의 집사가 기차역까지 나와 있었다. 그는 우리의 짐이 많을 것이라고 예상한 것인지 하인을 여러 명 대동한 채 우리가 기차에서 내리기를 기다리고 있었다.

"이우 공 전하의 방문을 감축드리옵니다, 전하."

"오랜만이군. 이곳까지 나와 주어서 고맙네."

"별말씀을요. 이쪽으로 가시면 차를 준비해 놓았습니다. 먼저 저택으로 가시면 짐은 저희 쪽 사람들이 가지고 가겠습니다."

"고맙네."

그가 안내하는 대로 기차역을 나가니 차 한 대가 우리를 기다리고 있었다.

짐들은 다른 차를 이용해서 가지고 오는 것인지 없었고, 준비된 차에는 우리 가족만 타고 이은이 기다리는 그의 집으로 출발했다.

오사카 시내는 동경에 비하면 조금 작은 것같이 느껴졌다.

이은의 주택가는 군부대가 있는 곳에 있어서인지 시내를 벗어나서 한적한 시골 도로로 접어들었다. 시골 도로를 10분 정도 달리고 나서야 큰 대문에 군인이 지키고 있는 저택에 도착할 수 있었다.

이은이 사단장이어서 그런지 주택의 경호를 군부대가 담당하고 있는 듯했다. 황토색의 군복을 입은 채 총을 들고 삼엄하게 경비를 서고 있었다.

우리의 차량이 다가서자 초소의 군인들은 총을 조준했고, 한 군인이 다가와서 신분을 확인하는 절차를 가졌다. 그 이후에야 저택으로 들어갈 수 있었다.

대문을 지나서 안으로 들어가자 대리석으로 장식되어 있는 2층의 큰 건물이 눈에 들어왔다. 밤이었지만 건물 주위에 배치되어 있는 가로등 덕분에 건물의 모양을 한눈에 볼 수 있었다.

현관에 차가 도착하자 이왕 이은과 이왕비 이방자 그리고 그들 부부의 차남인 열 살 남짓으로 보이는 이구가 우리를 환영하기 위해서 기다리고 있었다.

"숙부님, 오랜만에 뵙습니다. 그간 평안하셨는지요."

"그래, 우야, 먼 곳까지 오느라 수고했어, 조카며느님도 오느라 수고했어요."

이은은 나를 환영하고 나서 찬주에게도 인사를 했고, 찬주 역시 이은과 이방자에게 인사를 했다.

평소 이방자가 없을 때 만나면 조선어로 대화를 했는데, 이 자리는 일본인인 이방자가 함께하기에 일본어로 통일해서 이야기했다.

현관에서 인사를 하고 나서 안으로 들어가는데, 이방자는 우리의 딸인 수련이에게 눈을 떼지 못했다. 사촌 중에서 네 살이 된 딸이 있었는데도 오랜만에 집안에서 태어난 딸이어서 그런지 예뻐서 어찌할 줄 모르는 표정과 행동이 눈에 다 보일 정도였다.

늦은 시간에 도착했고 이미 청이가 정신을 못 차리고 있는 상황이어서 우리가 지낼 방으로 안내를 해 주었다.

방에 들어가자 아이들을 위한 작은 침대까지 완벽하게 갖춰져 있었다. 피곤해하는 아이들과 찬주는 방에서 쉬게 하고 나 혼자 응접실로 내려가자 나를 기다리고 있는 이은이 눈에 들어왔다.

"숙부님, 오래 기다리셨습니까?"

"아니야, 나도 금방 나와 잠시 기다리고 있었어. 방은 괜찮으냐?"

이은은 소파에 앉아서 책을 보고 있다가 나의 말소리에 내가 내려온 것을 발견하고는 대답했다.

"여러 가지를 준비해 주셔서 감사합니다."

"아니야, 먼 곳으로 왔지 않느냐. 더욱 많이 준비를 해 주었어야 했는데, 모자란 감이 없지 않아 있어."

"전혀 그렇지 않습니다."

"그래, 이 먼 곳까지 나를 보러 그냥 온 것은 아닐 테고……. 오늘 이야기를 하겠느냐?"

오사카에 와도 잠시 있다가 교토나 조선으로 가던 내가 평소와는 다르게 이곳에서 머물기 위해서 찾아온 것이 이상했던 모양이다. 그래서 뭔가 이야기를 하기 위해서 온 것이라고 눈치채고 있었던 거 같았다.

"괜찮으시다면 조용한 곳에서 이야기하였으면 합니다."

응접실에 앉아 있는 사람은 나와 이은뿐이었지만 통로에 몇 명의 하인들이 오가고 있는 상황이어서 조용하게 말했다.

"내 서재로 올라가자꾸나."

이은을 따라서 서재로 올라가니 내 서재와는 비교도 되지 않을 정도로 사방의 책장에 책이 가득 들어차 있었다. 평소 독서를 즐기는 이은답게 많은 책들이었다.

서재의 소파에 앉고 나서 내가 먼저 말을 꺼냈다.

도쿄 히데키 계열의 대정익찬회 사람들의 감시와 고노에 공작가에서 나를 감시하던 도쿄의 첩자들을 제거한 것. 그리고 고노에 공작가의 경고에 관련해서 지금까지 일어났던 일들을 이은에게 상세히 이야기했다.

"나는 그런 경우가 없었는데…… 유독 너에게만 그런 일이 일어난 연유는 나도 잘 모르겠구나……."

혹시나 도움이 될까 해서 물었던 것이었는데, 이은의 대답은 나의 기대를 벗어나는 것이었다.

"일이 있고 나서 이리저리 고민을 해 보았지만, 연유를 알 수가 없었습니다."

"그래, 조선의 왕공족, 아니 모든 귀족 중 이런 일이 일어났다고 하는 것은 네가 처음이구나. 내가 알아봐 줄 수 있으면 좋겠지만, 나 역시 편히 움직일 수 있는 처지가 아니어서 미안하구나."

"아니옵니다. 제가 괜히 숙부님에게 알려 고민만 안겨 드린 것이 아닐까 걱정되옵니다."

"아니야, 집안사람으로서 이럴 때 도움이 되어야 하는데 별 도움이 되지를 못하는 게 미안할 뿐이야."

이은은 정말 미안하다는 표정으로 말했다.

"이건 내 짐작일 뿐이니까, 너무 깊게 듣지는 말고 흘려들거라. 내 생각에는 혹 천황가에서 무언가 이야기가 나왔던 것이 아닐까 싶구나. 그렇지 않고서야 갑작스럽게 감시를 할 연유가 없어. 다른 가능성은 막혀 있으니 가장 유력한 가능성이라고 생각되는 부분이구나. 우리 조선의 왕공족 중에서 건이나 나에게 감시자가 붙었다는 느낌은 전혀 들지 않았다.

유독 너에게 이런 일이 집중된 데에는 아무래도 다른 이유가 있을 것이야. 나는 그게 천황가가 아닐까 한다."

이은은 한참을 고민하더니 자기 생각을 나에게 말해 주었다. 나도 어느 정도 생각했던 것 중의 하나였는데, 이것을 확인할 방법이 없는 게 문제였다.

"저도 그리 생각을 해 본 적은 있으나, 황거에서 어느 누가 저에 대해 이야기를 하였을지 짐작조차 되지 않습니다."

"야스히토 전하가 있지 않느냐? 내가 생각하기에 너를 귀족원에 넣고 싶어 했다면, 가장 유력한 사람은 야스히토 전하일 것이야. 그분은 정치적인 사람이 아니니 내선일체를 염두에 두고 귀족원의 다양성을 생각하였다면, 천황 폐하께 너에 대한 천거를 했어도 이상하지 않을 것 같구나."

이은은 자신은 잘 모르겠다고 이야기하더니, 내가 2주를 넘게 고민했던 문제에 대해 이야기를 들은 지 20분도 되지 않아서 아주 새로운 대답을 도출해 내었다. 그리고 그의 이야기는 충분히 신빙성이 있어 보였다.

"야스히토가요?"

일본의 귀족에게 평소 존댓말을 잘 사용을 하지 않는 나의 성격을 알고 있는 이은이어서 그런지 야스히토라고 말하는 나를 타박하거나 하지는 않았다.

"그분은 너를 괜찮게 생각하지 않느냐? 충분히 가능한 이야기 같구나."

"제가 몇 주를 고민해도 풀지 못했던 문제를 해결해 주셔서 감사합니다, 숙부님."

"아니야. 이건 정답이 아니고 나의 추측일 뿐이니 모든 상황을 열어 두고 생각해 보도록 하여라."

이은 덕분에 하나의 길을 생각할 수 있게 되었다. 전혀 실마리도 없는 어둠 속을 헤매다 저 멀리 있는 탈출구를 찾은 느낌이었다.

이 탈출구가 진짜 탈출구일 수도 있지만 오랜 어둠 속에 있어서 헛것을 보는 것일 수도 있다. 또 아니면 탈출구가 아닌 절벽으로 이어진 빛일 수도 있지만, 그래도 하나의 빛이라도 보이는 것이 다행이라고 생각했다.

이은의 집에서 2일간 머물렀다. 이은의 아들인 이구와 내 아들 이청은 나이 차이가 다섯 살 정도 났지만 둘 다 외동아들로 커서인지 의외로 잘 놀았다. 그래서 원래 하루만 있다가 교토의 별장으로 가려고 했는데, 일정을 변경하여서 하루를 더 머문 후에 교토의 별장으로 이동했다.

9장

　교토의 별장은 전통 일본식으로 지어진 2층의 목제 주택
이었는데, 넓은 정원과 연못 그리고 연못 중앙에 있는 정자
가 운치를 더하는 곳이었다.

　이곳으로 오면서 청이가 이구와 헤어지기 싫다면서 울어
서 억지로 데리고 왔더니 아직도 뾰로통한 표정과 퉁퉁 부은
눈을 하고 소파에 앉아 있었다.

　외동아들로 자란 데다 조선인이라는 이유로 동경의 또래
친구들과 잘 어울리지 못해서인지 가끔 자신과 친해지는 사
람이 생기면 헤어지는 것에 대해서 민감하게 반응을 하는 이
청이었다. 엄하게 교육해야 하지만 이런 면에서는 나도 차마
엄하게 하지 못해서 그냥 투정을 받아 주고 있었다.

교토에 도착하자마자 아이들을 씻기고 나와 찬주도 씻은 후 황거를 방문하기 위해서 예복으로 갈아입었다.

평소에는 잘 꺼내 입지 않는 예복인데, 황거를 방문하기 위해서는 꼭 입어야 하는 일본 전통 복장이었다.

아이들 것도 있었다. 아직 누워서 잘 움직이지 못하는 수련이도 예복을 입히자 그 모습이 귀여웠다. 하지만 수련이는 비단으로 되어 있는 예복이 까끌까끌해 불편한지 울음을 터트렸다.

아이를 겨우 달래어서 황거로 갔다.

황거로 방문하니 미리 이야기해 놓아서 그런지 내관의 안내에 따라서 바로 천황이 있는 별궁으로 안내되었다.

"폐하, 이우 공 내외와 그 자녀들이 들었사옵니다."

"들여보내게."

내관이 큰 소리로 안에 고하자 안에서 쇼와 천황의 목소리가 들렸다.

안으로 들어가자 쇼와 천황과 그의 부인인 고준 황후가 작은 테이블 양옆에 앉아서 차를 마시고 있는 모습이 눈에 들어왔다.

이 세계에 와서 처음으로 쇼와 천황을 보았을 때는 황거 집무실에서 정복을 입고 있는 모습이었는데, 지금은 편안한 옷을 입고 있었다.

황금색으로 치장된 집무실에서 정복을 입고 봤던 사람과

지금의 사람은 전혀 다른 이 같았다. 지금은 40대 정도의 평범한 아저씨처럼 보이기까지 했다.

"대일본 제국 공족 이우, 천황 폐하와 황후마마께 문후 올리옵니다."

"이우 공, 어서 오게. 그간 격조했어⋯⋯."

"송구하옵니다, 폐하."

"괜찮아. 이리 와서 앉게. 아이도 데리고 오고."

"폐하, 제가 어찌 폐하와 겸상을 하겠습니까? 말씀을 거두어 주십시오."

"괜찮으니 이리 와서 앉게. 이번에 태어난 이우 공의 장녀를 가까이서 보고 싶어서 그래."

갑작스러운 천황의 제안에 잠시 당황했다가 그의 말대로 그와 황후가 앉아 있는 테이블 맞은편에 준비된 의자로 가서 앉았다.

청이는 이제 이런 자리에 오면 얌전히 행동해야 한다는 것을 다 파악한 듯 자신의 소맷자락을 꼼지락거리면서 고개를 푹 숙이고 있었다.

"어디 보자. 내 이우 공의 장녀가 태어났다는 이야기는 익히 들었는데, 보는 건 처음이야. 이름이 어떻게 되는가?"

"이すいれん이라고 하옵니다."

천황에게 말하는 것이어서 한국식 발음인 수련이 아닌 일본식 발음 수이렌으로 알려 주었다.

"수련이라…… 좋은 이름이구먼. 정말 수련처럼 예쁜 아이야. 황후, 그렇지 않은가?"

"그러하옵니다, 폐하. 시게코나 가즈코, 아쓰코가 어릴 때보다 더 예쁜 것 같사옵니다."

천황의 질문에 고준 황후는 자신의 딸들의 이름을 이야기하면서 답했다.

평소 천황을 만나러 오면 딱딱한 분위기 속에서 잠시 인사만 하고 나가는 것이 일반적이었는데, 천황은 나의 근황에 관해서 이런저런 질문도 하고 아이들에 대해서도 이것저것 물어 왔다. 그리고 청이에게는 작은 장난감을 선물로 주고, 수련이에게는 축언을 해 주었다.

갑자기 이렇게 변한 천황의 행동이 적응되지는 않았지만 표현하지 않고 가만히 있었다.

그리고 머릿속으로는 많은 생각을 했다. 고노에 가문과 도죠의 나에 대한 감시와 천황의 행동 변화는 같은 선상에 있는 일이라고. 그러자 야스히토가 이 변화의 중심에 있을 거 같다는 추측에 대해서 더욱 무게가 실렸다.

천황의 알현을 마치고 집으로 돌아와서 가장 먼저 한 일은 지치부노미야 야스히토 친왕가親王家에 연락을 하는 것이었다. 최근 나에게 일어난 변화의 열쇠를 쥐고 있는 사람이 왠지 야스히토 친왕인 것 같아서였다.

이때까지 많은 경우의 수 중에서 하나로만 생각하고 있던 것이 오늘 천황을 알현하면서 확신으로 바뀌었다.

조선의 귀족 중에서 가장 높은 위치에 있는 이왕 이은조차 천황을 직접 알현하는 경우는 1년에 열 번 미만이었는데, 그런 천황이 나에 대해서 호감을 느끼고 친하게 행동하게 만들 수 있는 사람은 내 주위에는 야스히토 친왕이 유일했다.

친왕가에 보낸 인편이 오후가 되어서 돌아왔는데, 나의 방문을 기대하고 있으니 저녁에 가족들과 함께 저녁 식사를 하자고 했다. 그러면서 교토 아라시야마嵐山 강에 자리 잡고 있는 료칸의 주소를 나의 하인에게 보냈다.

약속 시각이 다가와 온 가족이 외출하기 위해서 준비를 했다.

"이청, 옷 입어야지! 얼른 이리 와!"

청이는 유치원을 가지 않고 매일매일 놀러 다니는 것이 기분이 좋은 것 같았다. 녀석은 해 지기 전까지 집 안 수영장에서 수영을 하다 반바지를 입은 상태에서 엄마를 피해 집 안을 뛰어다니고 있었다.

오전에 황거에서 얌전히 있던 녀석이 집 안으로 돌아와서 가족끼리만 있으니 어리광과 투정도 부리고 애교도 부리는 아이가 되어서 활기차게 뛰어다녔다.

"청아, 우리 맛있는 거 먹으러 갈 거니까 얼른 옷 갈아입고 가자."

"네!"

몇 분을 더 도망치다가 내가 나서서 이야기하자 그제야 찬주에게 가서 옷을 갈아입었다. 물론 도망을 다닌 대가로 등짝에 손바닥 자국이 하나 생긴 것은 어쩔 수 없었다.

천황을 만날 때가 오전이어서 잠에 취해 정신을 못 차리던 수련이는 저녁이 되니 눈을 말똥말똥하게 뜨고 몸을 뒤집어서 기어 다니기 위한 연습을 하고 있었다.

태어난 지 7개월이 넘어가니 이제 조금씩 기어가기 위해서 뒤집어서 땅을 짚고 있었다. 하지만 아직은 땅을 짚고 상체를 잠시 들었다가 다시 엎어지는 게 전부였다.

"기어 다니려면 얼마나 걸릴까?"

차를 타고 가며 나의 무릎에 앉아서 나를 바라보고 있는 수련이에 대해서 찬주에게 물었다.

"보통의 아이들보다 한 달 정도 늦는 것 같기는 한데…….
이제 상체를 일으키기 시작했으니까, 2주 정도만 지나면 기어 다닐 거예요."

찬주는 걱정스러운 듯 말끝을 흐리면서 말했다.

"착하게만 크면 되지 남들보다 그 정도 늦는 건 괜찮아.
그렇지, 공주님~?"

찬주는 나의 말에 동의하지 않는 것인지, 아니면 다른 생각을 하는 것인지 대답이 없었다.

수련이는 나의 말을 알아들은 것처럼 웃으면서 나의 얼굴을 만지며 놀았다.

수련이와 장난을 치는 사이 어느덧 차는 아라시야마에 접어들었다. 교토의 황거가 있는 지역에서는 조금 멀었으나 풍광이 좋아서 옛날부터 교토의 높은 사람들의 별장이 많이 있던 곳이었다.

지금은 아라시야마 강을 두고 한쪽으로 고급 요정과 료칸들이 늘어서 있었고, 강 반대편에는 주택가가 형성되어 있었다.

우리는 그중에서 세이우星雨라는 이름을 가진 절벽 위에 있는 료칸으로 갔다.

그 료칸의 대문을 지나서 차를 주차장에 대고 내리니 건물이 보이지 않았다. 그래서 잠시 당황하고 있으니 료칸의 직원으로 보이는 기모노를 입은 직원이 다가와서 인사를 했다.

"이우 공 전하가 맞으신지요?"

"그러하오. 건물에 불을 안 켜 놓았나 보군요."

난 내가 어두워서 건물을 보지 못한 거라 생각했다.

"아닙니다. 밤에 처음 오시는 손님들이 가끔 그렇게 헷갈려 하시는 경우가 있기는 하옵니다. 이곳은 료칸이 아니고 료칸으로 가기 위한 개인 선착장입니다. 이곳에서 배를 타시고 료칸으로 들어가시게 됩니다. 이쪽으로 오시지요."

"오~ 그런 것이오? 신기하구먼."

찬주도 나의 말에 동의했다. 우리는 약속한 료칸으로 들어가기 위해서 작은 나무배에 올라탔다.

한 명의 사공이 배 뒤에 서서 노를 저어 나가는 작은 배였는데, 앞뒤로 둥근 모양의 한지로 되어 있는 큰 등불이 어둠을 밝히고 있었다.

어두운 밤 등불이 밝히는 배를 타고 노가 물에서 왔다 갔다 하는 소리를 들으면서 강을 건너는 것은 상당히 분위기 있는 일이었다. 찬주도, 청이도 배를 타고 건너는 것을 좋아하는 거 같았다.

배를 타고 강가로 나가자 절벽 위에서 밝은 빛을 내는 료칸이 한눈에 들어왔는데, 밤이어서 료칸 안에 켜져 있는 불빛만이 보여서 그런지 마치 중세 시대의 성처럼 근사했다.

강가에 설치된 선착장에서 언덕 위 료칸까지 조명이 설치되어 있어서 절벽이라는 것을 알 수 있었다.

5분 정도 배를 타고 가자 절벽 아래에 마련되어 있는 선착장에 도착했다.

배가 도착하니 우리를 반겼던 기모노를 입은 여직원이 배 앞에 달려 있던 큰 등불을 들고 앞서서 안내했다.

어린 시절 보았던 '센과 치히로의 행방불명'에 나왔던 여관을 떠올리게 했다. 어디선가 말을 하는 개구리가 뛰어올라 올 것 같은 느낌에 미소를 지으면서 안내하는 직원의 뒤를 밟아 갔다.

등불과 조명의 빛에 의지해서 잠시 올라가자 료칸의 정문이 나왔다. 안으로 들어가자 전통 일본식의 다다미에 입식

가구들이 들어와 있는 료칸이 눈에 들어왔다.

이미 야스히토 친왕이 예약을 한 것인지 최상층에 있는 방으로 안내되었다.

그곳은 잠을 자는 방은 아니고 식사를 하기 위해서 마련되어 있는 곳인 거 같았다. 방 안은 대나무와 자갈 그리고 일본식 한자가 쓰여 있는 족자로 장식되어 있었고, 창문 밖으로는 마당과 절벽의 조명, 정문에서 료칸으로 오기 위해서 탄배의 전등이 한눈에 들어왔다.

"수련아, 신기하다. 그렇지?"

청이도 이곳이 신기한지 창문에 붙어서 바깥을 구경하고 있었고, 수련이도 신기한지 눈을 반짝거리면서 밖을 보았다.

아직 야스히토 친왕은 도착하지 않아서 수련이의 호기심을 충족시켜 주기 위해 창문으로 데리고 갔다.

우리 가족이 료칸의 매력에 빠져서 구경을 하는 사이에 문밖에서 노크하는 소리가 들렸다.

"전하, 지치부노미야 야스히토 친왕 전하께서 선착장에 도착하셨습니다."

그녀가 문을 열어서 말해 준 덕에 우리도 식탁 자리에서 일어나 야스히토 친왕을 맞을 준비를 하였다.

조금 서서 기다리니 야스히토가 열려 있는 문으로 들어왔다.

"어서 오십시오, 친왕 전하, 친왕비마마."

야스히토와 함께 들어온 친왕비 마쓰다이라 세쓰코에게
인사를 했다.

"이우 공, 그간 너무 연락이 없었어. 어떻게, 잘 지냈는
가?"

"걱정해 주신 덕분에 잘 지냈사옵니다."

"만나서 반가워요."

야스히토와 친왕비에게 인사를 하고 나서 테이블에 앉았
다.

친왕비는 아이가 귀여운 듯 수련이를 보자마자 안아 봐도
되느냐고 물어본 후 자신의 품으로 데리고 가서 장난을 쳤
다. 부부는 아직 아이가 없어서인지 아기인 수련이에게 더욱
관심을 가지는 것 같았다.

"교토에서의 생활은 불편한 것이 없었나?"

"편안하옵니다, 전하."

"지내는 곳은 어디인가? 다른 료칸에서 지내는 것이라면
이곳에 이야기를 해 줄 터이니 이곳에서 지내도록 하게."

이곳은 딱 봐도 고급 료칸 중에서도 비싸 보이는 곳이었는
데, 나에게 배려를 해 주었다. 물론 내가 이곳에서 생활하지
못할 정도로 돈이 없는 것은 아니었으나, 그의 마음 씀씀이
가 좋았다.

"아니옵니다. 저 역시 교토를 자주 오지는 않으나 저의 선
대인 이준용 공 때에 매입한 별장이 있사옵니다. 그곳에서

지내고 있사오니 심려치 마십시오."

"그런가? 교토에 별장도 있으면서 왜 자주 오지 않는 것인가?"

"송구하게도 소인의 고향이 경성인지라, 휴가를 경성으로 가게 되어서 특별한 일이 없으면 교토에는 잘 오지 않아서 그렇습니다, 전하."

"그러한가? 하긴 고향으로 가야지……. 그래도 말이야, 앞으로는 교토에 있는 나를 위해서라도 자주자주 들러 주었으면 하네."

"그리하겠습니다, 전하."

야스히토 친왕과의 대화는 문을 두드리고 들어온 마담에 의해서 잠시 끊어졌다. 예약하면서 주문을 해 놓았던 것인지 마담이 준비되어 있던 음식들을 테이블 위에 깔기 시작했다.

"이곳의 음식은 아주 일품이야. 이곳은 주인이 조리장인데, 음식을 아주 잘해. 이 료칸을 운영하지 않았다면 내가 우리 집의 음식을 담당하게 데리고 오고 싶을 정도니 먹어 보도록 하게."

"감사합니다, 전하."

야스히토의 말대로 이곳의 음식은 일본에서 먹은 음식 중에서 손에 꼽을 정도로 맛있었다.

우리가 식사를 마치고 나자 주인이라고 소개한 하얀 조리사복을 입은 인물이 방으로 와서 인사를 했다. 야스히토는 그 조리장과 잘 아는 사이인지 농담까지 하면서 대화를 마쳤다.

식사를 마치고 나서 찬주와 친왕비가 아이들을 데리고 온천수에 발을 담근다는 핑계로 야스히토와 내가 대화를 할 수 있도록 자리를 비켜 주었다.

야스히토는 주머니에서 하얀 담배 하나를 꺼내서 피워 물며 말했다.

"자네는 담배를 태우는가?"

"피우지 않습니다, 전하."

"그런가? 그렇군……. 아까 말이야, 교토에는 특별한 일이 없으면 오지 않는다고 했는데, 이번에는 무슨 특별한 일이 있어서 온 것인가?"

그는 앉아 있던 자리에서 일어나 창문으로 다가가 바깥의 풍경을 보면서 이야기했다. 나 역시 자리에서 일어나 그의 옆자리에 섰다.

"원래는 교토에 특별한 일이 있어서 온 것은 아니옵고, 오사카에 있어 그곳을 방문하였다가 온 김에 휴가차 교토에 온 것이옵니다."

"원래는 없었다면, 지금은 생긴 것인가?"

"그러하옵니다, 전하."

"후~. 그게 무엇인가?"

야스히토는 잠시 생각을 하는 듯 담배를 깊게 빨아들였다가 내뱉고 나서 말했다.

"친왕 전하께 여쭐 것이 있습니다."

"나에게? 그게 무엇인가, 말해 보게."

야스히토는 표정의 변화 없이 나를 보면서 말했다.

"혹 전하께서 폐하께 저의 귀족원 등원登院을 청하셨는지 요? 그게 제가 전하에게 여쭙고 싶은 것입니다."

돌려서 말해 봐야 야스히토의 성격상 좋아하지 않을 거 같 아서 바로 직설적으로 이야기했다.

"그러네. 뭐가 잘못되었는가?"

나를 고래 싸움 사이의 새우로 만든 사람이 바로 이 야스 히토였다.

"아니옵니다, 전하."

"그렇다면 그것을 왜 물어보는 것인가?"

그의 말에 과연 이야기를 어디까지 해야 하는지 고민을 했 다. 이것을 전부 말해도 되는지 잠시 고민을 하고 있으니 야 스히토가 먼저 다시 말했다.

"나는 말이야, 이우 공 자네가 좋아. 그 이유는 권력에 휘 둘리지 않기 때문이야."

그의 한마디에 지금 상황을 전부 말을 해야겠다고 생각하 게 되었다.

"최근에 저에게 많은 일이 생겨서 여쭤 보았습니다. 그 일 이라는 것은……."

나는 이왕 이은에게 설명했던 것처럼 나에게 벌어졌던 고노에 가문과 도쿄의 일을 이야기했다.

내가 말을 하는 내내 야스히토는 조용히 들으면서 주머니에서 두 번째 담배를 꺼내어 피웠다. 나의 이야기가 끝이 나고서도 조용히 있던 야스히토는 세 번째 담배를 다 태우고 나서야 말을 했다.

"나는 말이야, 우리 제국이 점점 군국주의로 변해 군인들이 정치하는 것이 마음에 들지 않아. 형님이 이 아시아를 상대로 전쟁하는 것도 말이야. 제국이 세계적으로 발전되고 큰 나라인 것은 맞지만, 이런 식으로 가게 되면 결국에는 미국과 전쟁을 하여야 해. 미국과의 전쟁은 결과가 어떻게 나오더라도 제국에 도움이 되지 않아."

야스히토는 네 번째 담배를 꺼내 불을 붙이고는 말을 이어갔다.

"그래서 자네를 귀족원으로 넣고 싶었어. 직접 형님의 정책에 반대하지는 못하겠지만, 그대 같은 다양한 목소리가 귀족원 안에서 생기게 되면 지금의 정신 나간 전쟁이 끝이 나지 않을까 하고 말이야. 하지만 그 일이 그대를 위험하게 만든 것 같군."

야스히토가 하는 이야기에 나는 동의하지는 못했다. 나 하나가 귀족원으로 들어간다고 해서 큰 역할을 하고 다른 목소리를 내기는 힘들어 보였다.

다양한 목소리를 내려면 세력을 형성하여야 하는데, 기존의 귀족원 의원들이 나 같은 외지인을 반길 가능성은 전혀 없어 보였다. 오히려 아무것도 하지 못할 가능성이 훨씬 커보였다.

하지만 이런 말들을 야스히토에게 할 수는 없었다.

"나도 알고 있네, 내가 너무 이상적인 생각을 했다는 것을. 하지만 나는 그대가 우리 일본 제국을 위해서 큰일을 해주었으면 좋겠다고 생각하네."

내가 아무 말을 않고 있자 야스히토가 계속해서 말했다.

나도 일본 제국에 큰일을 할 생각을 하고 있었지만, 그게 일본 제국을 위한 일은 아니었다.

"전하, 제 말을 곡해하셔서 듣지 않으셨으면 하옵니다. 저는 일본 제국의 신민이기 이전에 대한제국의 황족이었사옵니다."

이 한마디면 모든 것을 설명할 수 있다고 생각했다. 대한제국의 황족, 그 이름이 가지는 뜻은 상당했다.

어떻게 보면 야스히토가 국가반역죄로 내 목을 베도 할 말이 없는 말이었지만, 그이기 때문에 하는 말이었다. 일본의 황족 중에 몇 안 되는, 조선의 침략에 비판적이고 민족자결주의를 지지하는 인물이어서 이렇게 말해도 괜찮을 것으로 생각한 것이다.

"그래……. 그래……. 자네는 대한제국의 황족이었지. 내가 욕심이 지나쳤던 것 같군."

야스히토는 방에서 피우는 다섯 번째 담배를 태우면서 내가 한 말의 뜻을 알겠다는 듯 말했다.

༺༻

교토에서의 휴가를 마치고 졸업식에 참석하기 위해서 동경으로 돌아왔다.

청이는 교토에서 휴가를 보내는 동안 수영장을 무척 좋아해서 갈 때와는 다르게 햇볕에 타서 붉은색으로 변한 피부를 가지고 동경으로 돌아왔다.

군국주의 국가인 만큼 육군대학교의 졸업식은 전 국가적인 행사로 치러졌다. 천황을 비롯한 귀족원의 의장, 중의원의 국방위원회 위원들, 육군대신과 육군본부의 장성들까지 참여하는 행사였다.

연초에 하는 열병식閱兵式과 버금갈 정도로 화려하고 큰 규모를 자랑했다. 열병식과 다른 한 가지는 육군과 사이가 좋지 않은 해군이 참석하지 않는다는 것이 전부였다.

아침부터 시작된 졸업식은 점심시간을 훌쩍 넘기고서 마지막으로 졸업생들에게 졸업장과 전출 명령서를 나누어 주는 것으로 끝났다. 이로써 3년 6개월간의 긴 대학교 생활을 마쳤다.

육군사관학교의 생도는 아직 군인이 아니고, 군인이 되기 위해서 훈련을 받는 것이다. 반면 육군대학교는 일선에서 근무하던 장교가 고급장교가 되기 위해서 심화 교육을 위해 거치는 곳이어서 졸업 후 바로 일선 부대들로 배치되었다.

"숙부님이 어떻게 오셨습니까?"

졸업식이 모두 끝나고 가족들이 있는 곳을 찾아가니 이왕 부부도 함께 있어 놀라 인사를 하고서 말했다.

"조카님이 졸업하는데, 내가 안 와 볼 수야 있나. 이리 와서 서 보도록 해라. 사진을 찍자꾸나. 조카며느님도 이쪽으로 서도록 해요."

이은이 데리고 온 것인지 큰 카메라를 들고 있는 사진사가 한 명 서서 기다리고 있었다.

이은이 지시하는 대로 아이들과 함께 사진을 한 장 찍고, 이은과도 한 장 찍었다.

"숙모님도 오셔서 가족사진을 찍으시지요. 찬주도 이리 와."

이왕 부부와 우리 부부의 사진을 한 장 찍고 나서 이왕 부부의 아들과 우리 아이들까지 다 나오는 사진을 찍었다.

"건 조카님도 같이 왔으면 좋았을 텐데 아쉽구나."

이은이 마지막 단체 사진을 찍으면서 말했다.

이복형인 이건은 지금 육군대학교 내에서 연구원 겸 병학교관으로 근무하고 있었는데, 나를 좋아하지 않고 껄끄러워해서인지 학교에서 마주치는 경우도 없었고 졸업식에도 참석하지 않았다.

사진을 찍는 것을 마지막으로 졸업식을 마치고 이왕 이은이 회원으로 있는 식당으로 이동했다. 호시가오카 사료星岡茶寮라는 이름을 가진 회원제 식당이었는데, 서예가이자 도예가인 기타오오지 로산진이 주방장 겸 사장으로 있는 식당이었다.

이곳은 철저하게 회원들의 소개로만 회원이 될 수 있었다. 사실 회원이 되려면 이곳에 회원인 사람의 소개도 있어야 하지만 정치, 경제, 문화 어느 분야든 한쪽에서 이름이 있어야 회원이 될 수 있는 자격이 주어지는 곳으로 유명했다.

이곳의 회원이라면 일본 상류사회에서의 중심에 있는 인물이라고 봐도 무리가 아니었다.

이은이 나를 회원으로 추천한 적이 있었는데, 아직 이름이 없어서 거절당했었다. 과거의 이우 역시 굳이 이런 곳의 회원이 되려고 노력하지는 않았고 나 역시 노력하지 않아 그 이후에도 회원이 되지는 않았다.

"내가 오늘 특별한 날이어서 이곳으로 모두 데리고 왔으니 마음껏 먹도록 해라."

"신경 써 주셔서 감사합니다, 숙부님."

"아니야, 우리 우 조카님이 졸업을 한 것인데, 이 정도는 해야지."

식당으로 들어가면서 보니 나 말고도 정복을 입고 있는 사람이 몇 명 더 보였다. 아마 그들도 나와 같이 오늘 육군대학교를 졸업한 사람들인 듯했다.

상류층의 자제들끼리 모여서 교류를 하는 거 같았지만, 굳이 내가 그들과 섞여서 이야기하기에는 서로에게 불편한 일이어서 모여 있는 그들을 무시하고 방으로 들어갔다.

유럽과 미국의 사람들이 알 정도로 이름이 있는 식당이어서인지 음식들은 그 이름에 걸맞게 나왔다. 한 그릇 한 그릇이 마치 한 폭의 수채화를 그려 놓은 것처럼 접시와 음식이 잘 꾸며져서 나왔다.

"우리 조선의 음식도 이런 식으로 몰이를 해서 담는다면 충분히 아름다울 텐데……."

이은은 조그마한 목소리로 한탄하듯이 말했다.

"어쩔 수 없지 않겠습니까, 숙부님. 지금의 조선은 이런 예술이 아니라 먹고사는 것 자체가 중요한 나라이옵니다."

"그러하겠지. 그래도 이곳 동경에 있는 명월관만 가더라도 일본풍의 몰이를 하는 것을 볼 수 있지 않느냐? 물론 이곳만큼 아름답게 담지는 못하지만 말이다."

"나라가 좋아지면 다 나아질 것이오니 심려치 마십시오."

"즐거운 날에 괜스레 무거운 이야기를 하였구나. 여기 축하주를 한잔 받도록 하여라."

이은은 분위기를 돌리기 위해서 자신의 몫으로 놓여 있던 술병을 나에게 내밀었다. 그에 나도 그가 술을 따를 수 있게 나의 잔을 내밀었다.

술이 몇 순배 돌고 나서 이은이 다른 주제를 꺼냈다.

"그래, 이번에 배치받은 곳은 어디더냐? 보았느냐?"

"아직 확인해 보지 않았습니다. 지금 확인해 보도록 하겠습니다."

졸업장을 받으면서 함께 받은, 새로운 근무지가 적혀 있는 전출 명령서를 가방에서 꺼냈다.

겉모습을 위해서인지 원형으로 말려 있는 종이에 밀랍으로 봉해져 있었는데, 그 밀랍 위에 육군을 뜻하는 도장이 찍혀 있었다. 평소 편지 형태로 나오는 전출 명령서와는 달랐다.

"그래, 보자꾸나."

다른 가족들 역시 궁금한지 나의 손에 시선이 집중되었다.

밀랍을 조심히 뜯어내고 종이를 펼쳐 들었다.

대륙명大陸命

포병 대위 이우는 8월 1일부로 조선군朝鮮軍 사령부司令部 포병과 포병 장교로 배속한다. 8월 4일까지 경성부 용산의 조선군 사령부로 전입신고를 할 것을 명한다.

대일본 제국大日本帝國 대본영大本營 육군성陸軍省

운현궁의
주인

혹시라도 과거의 역사가 바뀌어서 다른 곳으로 배치되면 어떻게 하나 조마조마하면서 명령서를 열어 보았는데, 다행히 원역사에서 거의 변하지 않고 예정(?)대로 조선군 사령부로 배치될 수 있었다.

"경성으로 가게 되었습니다, 숙부님."

명령서를 읽고 나서 이은에게 넘겨주면서 말했다.

나의 말에 찬주도 얼굴이 밝아졌고, 청이 역시 조선으로 간다는 것을 알아들은 것인지 그녀를 잡고서 자신의 기쁨을 마구 표현했다.

"축하한다, 다행이야…… 왕실의 사람 중에서 한 명이라도 조선에 있을 수 있어서 정말 다행이야."

이은은 눈가에 눈물까지 맺히면서 좋아해 주었다. 아니면 조선으로 가지 못하는 자신의 처지 때문에 눈물이 맺힌 것일 수도 있다.

지금 왕실의 사람 중에서 나의 아버지 이강이 조선이 있었지만, 대외적으로는 왕실의 일원으로 비치지 않았다.

한시적이기는 하지만 조선으로 돌아가는 것은 나로서도 좋았다. 조선에서는 아무래도 감시의 눈이 비교적 헐거워져 일하기가 편해서였다.

지금의 경성에는 제국익문사도 있고 의친왕 이강도 근처인 개성과 평양에 항상 있었다.

또한 시월이도 구축하고 있는 인편이 일본보다는 훨씬 좋

았다. 시월이가 가지고 있는 인맥들은 이우가 직접 만든 사
람들이었는데, 운현궁에서 하인으로 있던 사람 중 몇 명을
돈을 지원해 주고 독립시켜 장사꾼으로 만든 것이었다. 그
사람들을 통해서 이런저런 정보를 조선에 갈 때마다 수집하
고 있었다.

10장

　저녁 늦은 시간까지 함께 술을 마시는 것으로 졸업식 축하를 끝마치고 집으로 돌아왔다. 그러곤 바로 하야카와에게 조선으로 돌아갈 준비를 하게 했다.

　현대라면 4일이면 넉넉한 시간이었겠지만, 교통 사정이 좋지 않은 지금은 3일을 꼬박 다 써서 가야지 경성에 늦지 않게 도착할 수 있었다. 그러니 졸업식 다음 날인 8월 1일에 바로 출발할 수 있도록 준비해야 했다.

　졸업식 전에 지역은 확실히 몰라도 전출을 가리라는 것은 다들 알고 있어서 어느 정도는 미리 준비해 놓아서인지 다음 날 아침에 나오니 이미 출발할 준비가 다 되어 있었다.

　경성에서 일본으로 올 때는 그렇게 오래 걸린다고 생각했던 이동 시간이 경성으로 돌아간다고 하니 그리 고되지 않았다.

기나긴 기차 시간도, 하루가 꼬박 걸리는 부관 연락선도 즐거운 마음으로 타고 경성으로 돌아왔다.

미래에도 있었던 서울역, 지금의 경성에 도착하자 반가운 마음이 새록새록 솟아났다.

일본어만 들리던 동경에서와 달리 조선은 공식 언어가 일본어이기는 하나 아직도 많은 사람이 조선어를 쓰고 있었다. 그나마 일본어와 조선어가 섞여서 들려서 아주 좋았다.

원래의 이우 공이 일본어를 잘해서 모국어처럼 할 수 있었지만, 나의 기억 속 한 곳에는 이지훈으로 사는 삶이 있었다. 그 기억들과 억양은 조금 다르지만 여러 사람들이 말하는 조선어는 너무나도 반가운 추억의 대상이었다.

내가 경성역 광장에서 차에 타지 않고 이곳 경성에 돌아온 것을 만끽하고 있을 때, 나의 오른쪽에서 나의 신경을 긁는 조선어가 들렸다.

"오랜만의 환국을 감축드리옵니다, 이우 공 전하."

고개를 돌리자 눈이 부실 정도로 밝은 빛이 번쩍했다. 무엇인가 보니 매일신보每日申報의 기자증을 목에 걸고 카메라와 플래시를 들고 있는 기자와 그 옆에서 비열한 웃음을 입에 걸고 나를 보고 있는 김태식, 아니 가나자와 다이쿠라 경부가 눈에 들어왔다.

기자는 나의 사진을 한 장 찍고 나서 또 멀리 가서 다시 나를 향해서 플래시를 몇 번 터트렸다.

"오, 이게 누군인가? 김태식 경부가 아니오!"

"으득, 가나자와입니다, 전하."

내가 만날 때마다 자신의 조선 이름을 말해서 그런지 그는 이빨을 가는 소리를 내면서 대답했다.

"그래그래, 그간 잘 지냈소? 얼굴을 보아하니, 기름진 음식을 많이 먹었나 봐. 번들번들하니 세상 좋게 살고 있었나 보군."

"저야 언제나 불령선인들이 없는 행복한 세상을 만들기 위해서 불철주야 노력하고 있었습니다, 전하."

"그래, 불령선인인가 뭔가를 잘 없애도록 하고, 이왕이면 부모님이 주신 자신의 것을 개한테 줘 버린 사람들도 잡아들여 보는 것은 어떻소?"

김태식은 순간 나의 말이 무슨 뜻인지 몰라서 생각하는 것인지 조용히 있다가 갑자기 얼굴이 붉으락푸르락했다.

"전하, 조선으로 배속을 받으셨다 들었습니다. 계시는 동안 꼭 저희가 철통같은 경호를 해 드리겠습니다. 그리고 근처에 보이는 불령선인이 있으면, 꼭 잡아서 족치도록 하겠습니다. 혹 운현궁의 가까운 인물이 불령선인이 되지 않도록 전하께서도 운현궁을 잘 단속해 주시기를 바랍니다."

내가 자신을 놀린다는 것을 알았는지, 김태식도 조금 과격

한 말투로 말을 했다. 물론 말 자체가 나에게 직접 하는 것은 아니었기에, 꼬투리를 잡을 수는 없었다.

그리고 조선인으로서 일본에 충성하는 김태식을 놀리는 것은 내가 조선을 와서 겪는 재미 중에서 하나였기 때문에 그의 조금 과격한 반응을 웃어넘길 수 있었다.

"하하하, 내 그 말을 지난번 조선에 왔을 때도 들었던 거 같은데, 그때도 아무것도 못 찾았었지 아마? 조금 더 분발해 보시오. 사람이! 노력을! 해야지 말이야! 그래야 성과가 나올 것이 아닌가? 나는 일이 바빠 먼저 갈 터이니 열심히 노력하 시게."

경성을 오는 소소한 즐거움 중 하나를 경성역에서 만나 그의 얼굴의 색이 다양해지는 것을 보고는 차에 올라탔다.

"오라버니, 아무리 마음에 안 드셔도 조선에서 우리 가족 의 경호를 담당하는 인물이니 너무 몰아붙이지는 마세요."

차에 먼저 타서 기다리고 있던 찬주가 말했다.

"그의 행동과 말 들이 재미있지 않은가? 그가 행동하는 것을 보고 있으면 종로서의 경부가 아니라, 경시총감警視總監 쯤 되는 사람과 대화하는 것 같단 말이야. 자신의 주제를 알 아야지."

찬주는 나의 말이 마음에 들지는 않았으나 뭐라 덧붙일 말 이 없는 것인지 인상만 쓰고 있었다.

그런 찬주를 내버려 두고, 그녀의 무릎 위의 작은 아기 바구니에 누워 있는 수련이의 얼굴을 살폈다.

아직 태어난 지 8개월 정도밖에 되지 않아 어린 수련이가 처음으로 겪는 장시간의 이동이었다. 그래서 어제 배에서 내리면서부터 몸 상태가 안 좋아졌다.

아이는 아파서인지 아니면 피곤해서인지 기차에서 내리기 직전까지 칭얼거리다가 지금은 겨우겨우 잠이 들어 자고 있었다.

"하야카와, 궁에 도착하는 대로 의사부터 호출하도록 하게."

"의사를 말씀이십니까?"

"수련이의 몸 상태가 좋지 않으니, 의사가 한번 보는 것이 좋을 거 같네."

"그리하겠습니다, 전하."

이 시대에는 아이들이 돌을 넘기지 못하고 갑작스럽게 죽는 경우가 비일비재했는데, 이우 공의 기억을 살펴보니 이은의 장남 이진이 태어난 지 8개월 만에 동경에서 조선으로 왔다가 의문사한 적이 있었다.

수련이도 이제 딱 8개월이었다. 동경에서 조선으로 들어오는데 어제부터 몸 상태가 안 좋아져 혹시라도 무슨 일이 날까 겁이 나서 하야카와에게 말을 해 놓았다.

운현궁에 도착하자 반가운 기와집과 하인들이 한눈에 들어왔다.

모든 하인이 나와서 내가 탄 차량이 들어서기를 기다리고 있었다. 운현궁의 정문을 지나서 경호원들이 지내는 수직사 앞에 차가 멈춰 서자 나와 있던 하인들이 인사를 했다.

오랜만에 보는 반가운 얼굴들과 제대로 인사를 하고 싶었으나, 수련이 때문에 짧게 인사하고 이로당으로 바로 들어갔다. 하인들도 처음 보는 나의 딸이 아프다는 것에 놀라서 웅성거리는 소리가 방 안까지 들릴 정도였다.

찬주가 수련이가 누워 있는 아기 바구니를 바닥에 내려놓자 아이는 진동이 없어져서인지 아니면 자신을 바닥에 내려놓았다는 것을 느꼈는지, 감고 있던 눈을 뜨고 울음을 터트렸다.

이때까지 찬주가 안고 있어서 힘이 들 거 같아 이번에는 내가 안으려고 했더니 아이는 나의 품을 뿌리치고 정확히 찬주를 보면서 울음을 터트렸다.

아이가 몸 상태가 좋지 않아서 바로 찬주에게 넘겨주었다. 평소였다면 내가 아닌 엄마를 찾는 아이에게 상처를 받았을 법도 하지만 지금은 아니었다.

찬주가 안아 올려서 달래 보려고 했지만, 몸이 아까보다 더 아픈 것인지 수련이는 자지러지게 울음을 터트렸다.

그런 모습을 가만히 앉아서 볼 수가 없어서 밖으로 나갔다.

"하야카와, 의사는 아직인가!"

방의 문을 열고 마당으로 나갔다. 방 안에는 큰소리가 나지 않도록 방의 문을 닫고 나서 하인들에게 소리쳤다.

"지금 오는 중이옵니다. 5분이면 도착할 것이옵니다, 전하."

아이의 울음소리를 듣고 온 것인지, 아니면 우리가 집 안으로 들어가고 나서 앞에서 기다리고 있었던 것인지 이로당의 앞마당에서 나의 말을 듣고 있는 사람은 하야카와 혼자였다.

"한시가 급한데 어찌 이리 천천히 온단 말이냐! 이러고도 어찌 황실병원이 태의원을 대신한다는 말인가! 수련이에게 무슨 일이라도 생기면 내 이번 일을 궁내성에 꼭 따질 것이야!"

아이가 아픈데 해 줄 수 있는 것이 없어 나 자신에게 화가 났다. 그 화 때문에 엉뚱한 곳에 불꽃이 튀고 있었다.

하지만 지금은 내 가족이 아닌 다른 누군가가 다치는 것을 내가 신경 쓸 상황이 아니었고 화를 숨길 수 있는 상황도 아니었다.

"송구하옵니다, 전하. 금방 도착할 것이옵니다."

이 상황에서 종로서 소속의 경호원들이 알짱거리는 것이 눈에 띄었다면 그들에게 애꿎은 화살이 돌아갔겠지만, 그들도 눈치를 챈 것인지 전혀 보이지 않았다. 그래서 하야카와 혼자서 나의 화를 전부 받아 내고 있었다.

5분 정도 시간이 흐르자 사이렌 소리가 가까워졌다. 이어 구급차가 운현궁의 정문을 통과해서 들어오는 소리가 들렸다.

"뛰어!"

구급차에서 내려서 짐을 챙겨 오는 의료진의 소리에 마음이 급해져서 미래의 이지훈이나 썼을 법한 말로 소리쳤다. 그러자 발걸음이 빨라지는 소리가 들렸다.

하인의 길 안내를 따라서 금방 이로당으로 들어오는 의료진이 눈에 들어왔다.

의료진은 바로 문을 열고 방 안으로 들어가 수련이의 상태를 살폈다. 아이는 잠시도 찬주의 품에서 떨어지려고 하지 않아서 안은 상태 그대로 진찰을 했다.

잠시 진찰하고 나더니 의사가 간호사에게 무언가를 말을 했다. 그러자 간호사가 수련이의 작은 팔뚝에 수액을 달기 위해서인 듯 작은 바늘 하나를 꺼내서 찌를 준비를 했다.

"괜찮은 것인가?"

"다른 큰 문제는 없으시고, 단지 아기씨께서 아직 어린 나이에 긴 여행으로 고단하셨던 거 같습니다. 가벼운 탈수증상도 보이셔서 기운을 돋우기 위해서 수액을 달 것이옵니다. 수액을 맞고 나면 금방 기운을 차리실 것이오니, 너무 심려치 않으셔도 됩니다, 전하."

흥분됐던 몸이 한번에 가라앉지는 않았으나, 그래도 의사가 괜찮다고 이야기하자 조금씩 진정되기는 했다.

아이의 작은 팔뚝에 바늘이 찔러 들어갔고 그 때문에 더욱 울음을 터트리는 것을 보면서 나 때문에 아이가 고생하는 것 같아서 미안해졌다.

어차피 연말에 태평양전쟁이 터지고 나면 내년에 다시 일본으로 배속되어서 돌아가야 하는데, 1년도 채 되지 않는 8개월 정도의 기간이었다. '나 혼자 조선으로 돌아오고 가족들은 동경에 남아 있는 게 나았을까?'라는 후회도 되었다.

작은 주사도 하나 놓았는데, 진정제였는지 아이가 많이 진정되었다. 그제야 안도를 하고 밖으로 나갈 수 있었다.

"전하, 사령부에 전입신고를 하시러 내일 가시겠습니까?"

아까 나에게 호통을 들었던 하야카와였지만 아무 일 없었다는 듯 나에게 와서 말을 했다.

"아까는 내가 흥분해서 실언을 했군. 미안하네."

나에겐 당연한 상식이었다. 내가 실언을 한 것이고 잘못한 부분이어서 사과를 하니, 내가 아까 소리쳤을 때보다 더 이상한 반응을 보였다.

"어찌 그런 말씀을 하십니까, 조금 더 일찍 불렀어야 하는데 제가 잘못한 부분이었습니다. 말씀을 거두어 주십시오, 전하."

소리를 칠 때는 죄송하다는 행동은 했지만 이상하게 생각 지는 않는 것 같았는데, 내가 사과를 하니 오히려 이상하다 는 듯 말을 했다.

"아닐세, 실수를 한 부분은 실수를 한 것이야. 그리고 부 대는 내일 갈 것이니 그리 알고 있게. 또한 오늘 예정되어 있던 방문과 모임 중에서 종묘 방문과 낙선재 방문을 제외 한 나머지 일정은 전부 취소하도록 하고, 내일 일정을 다시 잡게."

예정된 전입신고 일자도 내일이었기에 굳이 하루 먼저 갈 이유는 없었다. 그리고 수련이가 조금 진정이 되기는 하였지 만, 아직 안심하기는 일렀다.

"그리하겠습니다, 전하."

＊＊＊

1년 만의 경성 방문이었다. 왕족이 경성으로 돌아오면 옛 조선의 예법대로 종묘를 방문하여 선대 왕들에게 제를 올려 돌아왔음을 알리고, 당대 임금에게 인사를 하여야 한다. 그 러나 대외적인 왕, 이왕 이은이 오사카에 있어서 후자는 생 략하기로 했다. 그 후 현 왕실 최고 어른인 순정효황후를 예방禮訪하여야 했다.

이것까지는 왕족이라면 무슨 일이 있어도 꼭 해야 하는 일이었다.

원래 일정대로라면 그 이후에 종친의 어른들과도 만나고, 경성에 있는 조선총독부의 총독까지 방문해야 했다.

평소라면 예정대로 방문하였겠지만, 지금은 수련이의 건강이 아직 걱정되는 상황이어서 꼭 해야 하는 것만 하기로 했다.

원조선의 예법대로 여자인 찬주는 제외하고 나와 나의 아들인 청이만 준비를 했다.

원래 예법대로라면 복장 역시 종묘에 출입할 때에는 붉은색 허리띠에 금박이 장식된 검은색 제복祭服(제사 때 입는 옷)을 입어야 했다.

하지만 일제강점기에 들어오면서 조선의 정통성과 전통을 훼손하기 위해 일본이 많은 것을 바꾸어 놓았다. 조선을 근대화시켜야 한다며, 자신들의 문화가 더 우월하다며 횡포를 부린 것이다. 그래서 복장 역시 조선 시대의 제복이 아닌 일본 육군의 검은색 제복을 입었다.

나는 군인의 신분이어서 군의 정복을 입었고, 청이는 대한제국의 황실을 뜻하는 오얏꽃이 금색 실로 소매에 수놓여 있는 검은 정장을 입었다.

아까보다 많이 편안해진 얼굴로 잠이 들어 있는 수련이를 확인한 후 종묘로 출발했다. 오늘은 공식적인 방문이어서 이미 상주해 있는 제관祭官들이 준비를 마치고 우리를 기다리고 있었다.

조선의 관리 중에서 유일하게 일제강점기의 칼날을 비켜간 곳이었는데, 궁내성으로 소속만 이관되었을 뿐 하는 일은 변함이 없었다.

초대 조선통감부의 통감이었던 이토 히로부미伊藤博文와 통감부의 3대 통감이자 초대 총독인 데라우치 마사타케寺內正毅가 이 종묘와 제관들을 없애려고 하였지만, 유교 문화가 강했던 조선과 대한제국에서 이를 없애는 것은 너무나도 큰 일이라 반대에 부딪혔다.

그들의 지지자인 친일파들조차 백성과 유림의 반발을 두려워해 없애지는 못하고 예법과 복장을 훼손시킨 것이 전부였다. 그래서 일부 훼손은 되었지만 그래도 옛 전통이 지금까지 내려오고 있었다.

예법에 따라서 정전正殿과 영녕전永寧殿에 예의를 올렸다. 지난번 왔을 때까지만 해도 청이는 어려서 함께하지 않았다. 하지만 이제는 어린 나이이지만 주변의 분위기를 파악하고 의젓해진 모습을 보여서 이번에는 함께하게 되었다.

이런 예는 어린 시절부터 하는 것이 궁의 예법이었다. 나역시 궁의 예법을 따라서 청이를 예방에 참여시켰다.

물론 아직 어린 나이여서 완벽하게 예의를 갖추지는 못했지만, 이런 것에 익숙해져야 했다.

"할마마마!"

낙선재를 방문하니, 청이는 1년 만에 만난 할머니에게 낯을 가리지 않고 뛰어가서 안겼다.

"대비마마, 소손 이우, 문후 여쭈옵니다."

"어서 와요. 그간의 고생이 얼굴에서 보이는 것 같구려. 타지에서 얼마나 고초를 겪었을꼬. 이리 와서 앉아요."

"별것 아니었으니, 너무 심려하지 마십시오."

대비마마에게 말을 하고 나서 맞은편에 가 앉았다.

청이는 오랜만에 만난 할머니에게 투정 같은 애교를 부렸고, 그런 녀석의 모습을 대비마마는 흐뭇한 얼굴로 바라봤다.

"오늘 공비와 딸아이와 함께 오려고 했으나, 이번에 새로 태어난 여식女息이 오랜 여행으로 몸 상태가 좋지 않아서 같이 오지 못했습니다. 조금 괜찮아지면 함께 와서 인사를 드리도록 하겠습니다."

"저런, 많이 아픈가요?"

"아니옵니다. 장시간의 여행에 기력이 약해져 그런 것이니 금방 다시 기운을 차릴 것입니다."

"그래요, 어린 나이에 그 거리가 어디라고, 힘이 들지 않는 것이 이상한 것이니까요. 이번 조선행은 얼마나 있을 것 같나요?"

대비는 내가 조선을 들어오는 것만 알고 있었지, 무엇 때문에 얼마나 있는지는 알지 못하는 거 같았다.

"이번에 이곳 용산의 조선군 사령부로 배속을 받아서 한동안은 경성에 있을 것 같습니다, 대비마마."

"그래요? 좋군요."

"그리고 이번에 새로운 장인들을 좀 뽑아서 전각의 대들보들을 올려 볼까 생각하고 있습니다. 대전의 대들보는 올리지 못하더라도, 작은 전각들 몇 개를 새로이 지어서 대들보를 올리려고 합니다."

지금 방 안에는 듣는 사람이 없었고 청이는 들어 봐야 무슨 뜻인지 전혀 알지 못했기 때문에 대비마마에게 앞으로 조선에서의 방향을 이야기해 주었다.

"전각이라 하면, 어디에 지을 예정이지요?"

"장소는 아직 정확하게 정해지지 않았으나, 일단 경성에서 장인들을 뽑아 만주로 보낼 예정입니다."

"만주라⋯⋯. 알겠어요. 집을 짓는 데 부족한 재료가 있으면 이야기하세요. 도움을 드리도록 할게요."

"감사합니다, 마마."

이번에 조선에 들오면서 몇 가지 계획을 세웠다. 그중에서 지금 이야기를 하는 것이 가장 주된 것이었는데, 만주에 있는 민족 반역을 한 친일파들과 조선의 수탈에 앞장서는 앞잡이들을 죽이고 만주의 일본군에 테러를 할 계획을 세우고 있었다.

처음에는 지금 생각하고 있는 대업의 날까지 조용히 지내려고 했는데, 그 길을 조금 바꾸게 되었다. 임시정부에서 교육 중인 제국익문사의 인원들과 곽재우의 군대에 힘을 실어주고, 독립운동가들을 모으기 위해서 무언가 구체적인 성과가 필요했기 때문이다.

그래서 이번에 짧게 조선에 배속된 동안 내가 직접 나서서 제국익문사와 광무대의 요원들과 함께 일을 만들어 볼 생각을 하고 있었다.

내가 전면에 나서는 것은 아니고, 두 집단의 사람들과 이번 조선에 있으면서 새로이 선발할 인원들을 합쳐 일을 만들 생각이었다.

운현궁으로 돌아오니 아침까지 칭얼거리기만 하던 수련이가 이제 어느 정도 좋아졌는지 미소를 띠고서는 나를 반겼다.

"오라버니, 어서 오세요. 수련이도 아버지한테 인사해야지?"

"꺄하!"

수련이는 언제 아팠고, 또 언제 나의 품을 거절했느냐는 듯 나에게 오려고 해 다가가서 나의 품으로 넘겨받았다.

수련이의 미소를 보니 오늘 온종일 걱정하고 불안했던 마음이 한 번에 사라지고 편안해졌다.

아이의 웃음 한 번에 마음이 변하는 나 자신이 한심하기도 하고 신기했지만, 그래도 아이가 아픈 것에는 평정심을 유지하기 힘들었다. 어쨌든 아이에게 큰일이 생기지 않았다는 것에 안도했다.

다음 권으로 이어집니다

운현궁의
주인

200평 초대형 24시 만화방

📖 수원시청점

로데오거리

●농협

●CGV

⑧ 수원시청역 8번출구

24시 만화방 **3F**

●홍콩반점

TEL : 031-226-3771
수원시 팔달구 인계동 1041-11 3층 24시 만화방

수면실
(침대식) ─ 사우나석

2인석 ─ 샤워실

세탁기 ─ 신간100%

📖 의정부점

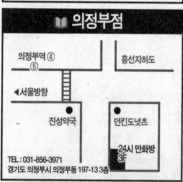

의정부역 ④
⑤

흥선지하도

◄서울방향

진성약국

던킨도넛츠

24시 만화방 **3F**

TEL : 031-856-3971
경기도 의정부시 의정부동 197-13 3층

📖 안양점

●안양역

육교

◄관악역

명학역►

●농협

24시 만화방 **2F** 안양일번가

TEL : 031-466-3771
경기도 안양시 안양동 674-163 공룡고기건물 2층

📖 주안점

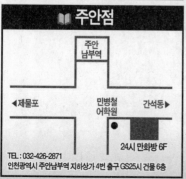

주안 남부역

◄제물포

민병철 어학원

간석동►

24시 만화방 **6F**

TEL : 032-426-2871
인천광역시 주안남부역 지하상가 4번 출구 GS25시 건물 6층

📖 안산점

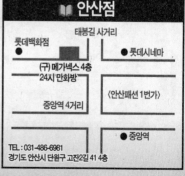

롯데백화점

태봉길 사거리

●롯데시네마

(구) 메가넥스 4층 24시 만화방

〈안산패션 1번가〉

중앙로 4거리

●중앙역

TEL : 031-486-6981
경기도 안산시 단원구 고잔2길 41 4층

Now being admitted to the profession of medicine,

I solemnly pledge to consecrate my life to the service of humanity.

I will give respect and gratitude to my deserving teachers.

I will practice medicine with conscience and dignity.

이해날 장편소설

의사

Doctor